Die drei Paragraphenzeichen §§§

AF146111

Mante Tatildas Geheimnis

www.DreiParagraphenzeichen.de

www.AlfredHitschkock.de

Dieses Buch ist für Euch da draußen

Die drei Paragraphenzeichen §§§

Mante Tatildas Geheimnis

Bruder B. und Bruder R.

Ähnlichkeiten mit anderen Hörspielreihen sind zufällig,
da sie sich ja alle irgendwie ähneln!

© **2014 - Bruder B. und Bruder R.**

Illustration: Bruder B.
Layoutgefrickel: Bruder R.
Herstellung und Verlag: BoD-Books on Demand, Norderstedt
ISBN: 978-3-7347-3849-4

Inhalt

Vorwort

Frage an den Leser:
Wird der Mensch gefragt, ob er geboren werden will?
Und später dann, wird er vorher gefragt, ob er bereit
ist, abzutreten? Na, wird er?

Wie

dem

auch

sein mag.

Die Zeit

dazwischen soll Spaß

machen. Deshalb

haben wir dieses Buch geschrieben.

Ganz im Ernst ☺

Bruder R. und Bruder B.

6

Kapitel 1

Ein neuer Fall für die §§§

Jumbo knetet ausgiebig an seinem Sack. Ein sicheres Zeichen dafür, dass er nachdenkt. Aber das ist noch nicht alles. Gleichzeitig befindet sich sein linker Daumen tief in seinem Anus und er wippt gedankenverloren mit seinem Ständer. Nur ungünstig, dass in diesem Augenblick Plastikschlitten und Gyrosbrot in die Zentrale stürzen, weil sie eiligst ein paar Filme entwickeln wollen, mit Aufnahmen, die sie im Laufe des Tages und der vergangenen Nacht heimlich von Mante Tatilda gemacht hatten.

Gyrosbrot und Plastikschlitten: Hallo Jumbo!

Jumbo erschlafft vor Schreck.

Plastikschlitten und **Gyrosbrot**: (*murmelnd*) Oh, tschuldigung.
Gyrosbrot: Wir wollten dich nicht bei der Arbeit stören, Jumb. (*kicher*) Komm, Schlitten! Wir kommen gleich noch mal wieder, wenn Jumbo endlich gekommen ist.
Plastikschlitten: Aber Jumbo ist doch da!

Gyrosbrot und Plastikschlitten gehen wieder hinaus.

Jumbo: So eine Scheiße!

Er hält sich den Finger, den er gerade ruckartig wieder herausgezogen hatte, vor die Nase. Nie wieder könnten Gyrosbrot und Plastikschlitten ihn ansehen, ohne dieses Bild von ihrem Chef vor Augen zu haben. Ausgerechnet er, der doch immer so tat, als könne ihn nichts erregen.

Jumbo: (*vor sich hinmurmelnd*) Naja, aber wenigstens wissen sie jetzt, dass ich doch kein Eunuch bin. Auch Dicke haben Gefühle, selbst wenn sie die nur mit sich selbst ausleben können.

Plötzlich klopft es an der Zentralentür.

Tatilda: (*gedämpfte Stimme durch die Tür*) Entschuldigung, Jumbo, bist du fertig mit masturbieren? Ich brauche dich im Garten.

Jumbo: (*denkt*) Woher weiß Mante Tatilda das schon wieder? Haben Gyrosbrot und Plastikschlitten mal wieder nichts Besseres zu tun gehabt, als alles weiter zu quatschen?

Jumbo: (*zu Mante*) Ja, Mante Tatilda, ich muss nur noch etwas erledigen. Ich komme gl... ähh ... wir treffen uns gleich im Garten.

In diesem Moment schrillt das alte Telefon auf Jumbos Schreibtisch los. Jumbo nimmt ab.

Jumbo: Ja, Jumbo Johnssen, von den drei Paragraphen?

Kocker: Jumbo!

Jumbo: Oh, Inspektor Kacker!

Kocker: Ich hoffe ich habe dich nicht beim onanieren gestört.

Jumbo: N... n..nein Herr Inspektor d..diese Vermutung entbehrt jeglicher kriminologischer Grundlage.

Jumbo: Was kann ich für Sie tun, Inspektor Kokser?

Kocker: Nun, wir sind auf der Suche nach einer Prostituierten ...

Jumbos Weichteil erhärtet sich wieder.

Jumbo: Wie interessant!

Kocker: Ja! Im Alltag tritt sie vermutlich eher unauffällig, möglicherweise in einem völlig intakten Umfeld in Erscheinung. Gelegentlich aber macht sie sich aus unerklärlichen Gründen im Rotlichtmilieu einen Namen. Das Schlimme dabei ist, dass sie ihre ahnungslosen Freier überwältigt und zu abartigen und perversen Sexpraktiken zwingt. Wir wissen nur soviel, dass es sich hierbei um eine Frau mittleren Alters mit kräftiger Statur handelt. Da wir zurzeit noch völlig im Dunkeln tappen, hab ich gedacht, dass die drei Paragraphenzeichen vielleicht Interesse haben, Nachforschungen anzustellen. Und da du ja ziemlich fett bist und Probleme mit Frauen hast, dachte ich, du hättest bei deinen heimlichen Puffexzessen möglicherweise mal was Dahingehendes aufgeschnappt oder könntest mal deine fetten Ohren offenhalten.

Jumbo: Ich zweifele wohl an meiner audionalen Wahrnehmung, Mister Kackstuhl. Ich muss schon sehr bitten! Sie bezichtigen mich des Besuches von illegalen Arbeiterinnen des Rotlichtgewerbes?

Kocker: Naja, ich könnte dich auch unanständiger Wichser nennen und Kommissar Brennholz von deinen geheimen selbstbefriedigenden Eskapaden in eurer Zentrale erzählen ...

Jumbo kneift sich vor Verlegenheit aus Versehen in seinen Ständer.

Jumbo: Ich glaube das dürfte nicht nötig sein, Inspektor Kotzreiz. Wir kümmern uns natürlich gerne um den Fall.

Kocker: Na also, ich hoffe bald erste Ergebnisse von euch zu hören.

Jumbo: Wir werden uns größtmögliche Mühe geben. Ich selbst werde nach dieser Verbrecherin gegen die Moral und Ethik suchen und mich persönlich von der Bestialität und Perversion dieser Person überzeugen.

Kocker: Das habe ich auch nicht anders erwartet. Also bis dann!

Jumbo: Ja bis dann!

Jumbo legt den Hörer auf, als es wieder an der Wohnwagentür klopft. Jumbo schleppt seinen Körper zur Tür und öffnet.

Jumbo: Oh, hallo Fettfick!

Hättrick: Wie ich gehört habe, habt ihr einen neuen Fall?

Jumbo versucht hektisch seinen Ochsenziemer zu verdecken, in dem er sich ein Magazin vom Schreibtisch vor die Klöten hält.

Jumbo: Uhh, ähh...haha...ja, woher weißt du das?

Hättrick: Es war nicht zu überhören. Man konnte euer Gespräch über die Schrottplatzlautsprecher mithören. Die ganze Nachbarschaft hat mitgehört. Stimmt das eigentlich, was Inspektor Kocker erzählt? Dass du, na ja ...

Jumbo: Dass ich onaniere? (*schreiend*) Ja ich onaniere, steck mir dabei nen Finger bis zum Anschlag in den Arsch und piss mich dabei an. Na und?

Hättrick: Jumbo, die Lautsprecher sind immer noch an.

Eine komplette Schulklasse, der Onkel Titte gerade den Schrottplatz erklärt, schaut erstaunt in Richtung Wohnwagen.

Hättrick: Außerdem meinte ich, ob es stimmt, dass du dich im Rotlichtmilieu auskennst? Weißt du, meine Stammnutte ist im Urlaub und ich dachte, dass du mir dabei helfen könntest für die Woche Ersatz zu finden. Ich stehe so auf Ankacken und so.

Jumbo: Nein, ich kenne mich nicht aus ...

Hättrick: Aber Mr. Kocker hat doch gesagt ...

Jumbo: Er lügt, Fettfick! Wer hat eigentlich in unserer Zentrale ein Mikrofon installiert und an die Schrottplatzlautsprecher angeschlossen?

Hättrick: Das war Plastikschlitten, damit man auch draußen das Telefon klingeln hört!

Jumbo: Und warum konntest du hören was Inspektor Kackstelze sagte, Pettingfick?

Hättrick: Bin ich der Detektiv oder du? Der Verstärker für das Telefon war auch an. Du solltest dich langsam mal wieder beruhigen! Deine Namens-Tourette ist wieder extrem. Onanier doch noch etwas! Das entspannt. So, ich muss los, noch ein paar Möbel ausfahren. Nette Zeitung übrigens! Kenn ich aber schon! Am besten ist Seite acht, mit der Frau, die dem Typen volles Pfund ins Gesicht ...

Jumbo knallt die Tür zu. Sein Blick fällt auf die Zeitung, die er sich als Lendenschurz zwischen die fetten Schenkel geklemmt hatte.

Jumbo: „Dicke Titten in Athen" - Naja, warum nicht?

Jumbo legt die Zeitung auf den Boden, zieht sich seine Hose nun ganz aus, geht vor der Zeitung in den Vierfüßlerstand, stellt sich vor ein Hund zu sein und steckt sich das Metallsuchgerät bis zum Anschlag in den Arsch. Wie besessen blättert er in Plastikschlittens Erotik-Magazin, als plötzlich wieder die Wohnwagentür aufspringt und Plastikschlitten und Gyrosbrot hereinplatzen.

Gyrosbrot: Jumbo, bist du doch noch nicht fertig?

Plastikschlitten: He, das ist meine Zeitung!

Plastikschlitten reißt sie ihm weg und schaut gleich nach, ob Jumbo den Frauen nicht vielleicht irgendetwas weggeglotzt hat.

Gyrosbrot: Was machst du denn da auf dem Boden und warum hast du unser Metallsuchgerät im Arsch stecken?

Jumbo: Ich habe vorhin aus Versehen eine Münze verschluckt und wollte mal nachsehen, wo sie jetzt ist.

Plastikschlitten: Hey Jumbo, was hältst du davon, wenn du deinen Schwanz endlich wieder einpackst? Das sieht nicht gerade appetitlich aus.

Gyrosbrot: *(lacht)* Ja und waschen könntest du dich auch mal wieder. Du riechst ja wie ein Fischmarkt!

Jumbo: Schon gut, Kollegen! Ich gebe auf für heute. Könnt ihr mal mit anpacken?

Plastikschlitten und Gyrosbrot packen gemeinsam das Metallsuchgerät und ziehen mit aller Kraft an diesem, bis es sich plötzlich aus dem Anus ihres Chefs löst und sie dadurch volles Pfund gegen die Bücherwand knallen.

Plastikschlitten: *(rappelt sich wieder hoch)* Da wir zurzeit keinen Fall in Arbeit haben, haben Gyrosbrot und ich aus langer Weile beschlossen einen 24-Stunden-Bild-Report über deine Mante Tatilda zu schreiben.

Gyrosbrot: Und für Plastikschlitten ist es eine gute Übung. Schließlich ist er ja für Recherchen und A r s c hiv zu ständig.

Jumbo: Warum hast du das jetzt so komisch betont, Gierkloß?

Gyrosbrot: Nur so, Dickerchen.

Jumbo zieht sich seine Ballonseide-Jogginghose wieder an. Gyrosbrot und Plastikschlitten halten ihn dabei an den Ellenbögen fest, damit er nicht das Gleichgewicht verliert, da durch einen möglichen Sturz ihres schwergewichtigen Chefs die Zentrale wahrscheinlich aus ihren Stahlseilverankerungen gerissen worden wäre.

Jumbo: Inspektor Facker hat übrigens angerufen, Kollegen! Möglicherweise haben wir einen interessanten neuen Fall.

Plastikschlitten: Ja, Jumbo, das wissen wir.

Jumbo: Aber ich habe es euch doch noch gar nicht ... ach so ich verstehe.

Plastikschlitten: Wir wissen alles.

Jumbo: Gut, dann kannst du, Plastikschnitzel, ja schon mal in die Bibliothek gehen und alles herausfinden, was mit Nutten, Bumsen, Arschficken, Ankacken, Pissesaufen, Fesseln, Auspeitschen, Arschvollwichsen, aufs Gesicht setzen und auf die Titten spritzen, Dubblefisting, Sodomie und so weiter zu tun hat.

Plastikschlitten: Und du bist sicher, dass die Bibliothek der geeignete Ort ist, um darüber was zu erfahren? Warum leihst du mir nicht einfach ein paar von deinen verklebten Heftchen, die du unter deinem Kopfkissen liegen hast?

Jumbo: Nein, und jetzt hau ab!

Plastikschlitten: Soll ich auch noch was über Onanie mitbringen, Jumbo?

Jumbo: Halts maul und verpiss dich, Knastfickschlitten! Und du, Gyroskot, startest die Telefonlawine. Frag alle Kinder in Rambo Bietsch, ob ihnen irgendwas an ihren Müttern aufgefallen ist: Ob sie nachts weg sind, oder ständig wechselnde Sexualpartner haben oder frag, ob sie generell irgendwas wissen über Prostituierte, Bumsen und Sex im Allgemeinen.

Gyrosbrot: Ist klar, Chef. Übrigens: Dein Namens-Tourette geht mir langsam auf die Nerven. Tu was dagegen!

Am nächsten Morgen treffen sich die drei Paragraphenzeichen wieder in der Zentrale.

Plastikschlitten und **Gyrosbrot**: Hay Jumbo!

Jumbo: Hay Plastikflittchen, hay Griechenbrottasche!

Gyrosbrot: Und? Was hat die Telefonlawine ergeben?

Jumbo: Ich weiß nicht. Ich habe den Anrufbeantworter noch nicht abgehört. Ich wollte warten, bis ihr kommt ... (*Stille*)

Jumbo: ... in die Zentrale kommt.

Plastikschlitten und **Gyrosbrot**: A...Ach so.

Gyrosbrot: Dann lass doch mal hören! Ich bin schon ganz neugierig.

Jumbo: Es scheint, als ob unsere Telefonlawine ein voller Erfolg war. Es sind über 1000 Anrufer, die drauf gesprochen haben! Ich spule sie mal ab.

Jumbo betätigt den Knopf des Anrufbeantworters zur Wiedergabe der aufgezeichneten Anrufe. Die drei Paragraphenzeichen hören gespannt der ersten Ansage zu.

Anrufbeantworterstimme: Hay! Ich bin Alisias. Mich hat eure Telefonlawine erreicht. Ihr wolltet irgendwas über Arschficken wissen. Also Arschficken bedeutet, wenn ein Mann nicht, wie es in der amerikanischen Dogmensammlung von 1768 als ausschließlichen Geschlechtsakt beschrieben und gefordert ist, seinen Penis in die Scheide der Frau, sondern an Stelle dessen in den Anus eines anderen Lebewesens steckt. Aber von mir wisst ihr das nicht.

Jumbo: Hm. Das war schon mal nichts. Vielleicht die nächste.

Gyrosbrot: War das ein Verwandter von dir, Jumbo?

Jumbo: Warum? Weil er sich so geschwollen ausdrückt?

Plastikschlitten: Nein, weil er sich damit auskennt, anderen Lebewesen sein Penis in den Arsch zu stecken

Jumbo: Musst du gerade sagen, Plastiktitten!

Plastikschlittens infantiles Lachen verstummt mit einem Mal und sein Gesicht bekommt eine blasse Farbe.

Gyrosbrot: Wieso? Was meint er, Plastikschlitten?

Plastikschlitten: Äh, da sind doch noch mehr Nachrichten drauf, Jumb o.

Plastikschlitten drückt schnell auf den Knopf des Anrufbeantworters, um die nächste Nachricht abzuspielen.

Anrufbeantworterstimme: Hallo ich bin der Jemy Wilbers. Ich wurde angerufen, weil ihr etwas über Sex wissen wollt. Na ja, ich hab mir schon mal einen runtergeholt. Also, meine Eltern waren letzte Woche Einkaufen gewesen und naja: Dann hab ich mir meine Hose runter gezogen und ... ohh ja ...

Jumbo: Na super, Jemy! Voll uninteressant!

Gyrosbrot: Stimmt! Aber was könnte er dir schon Neues erzählen, Jumb? Auf dem Gebiet bist du doch der Fachmann.

Plastikschlittens normale Gesichtsfarbe kommt zurück und er lacht infantil wie immer.

Jumbo: Hör du bloß auf zu lachen, Letzter! Erzähl uns lieber, was du in der Bibliothek gefunden hast, Arschtrittschlitten! Den Anrufbeantworter lassen wir durchlaufen. Falls was Interessantes kommen sollte, werden wir es ja hören.

Plastikschlitten: Gut Jumb. Also hört zu! Das war nämlich gar nicht so leicht. Ich habe erst mal stundenlang nach Begriffen wie Ankacken, Vollpissen und perversen Ritualen gesucht - aber in der normalen Literatur keine Hinweise gefunden. Daraufhin habe ich die Bibliothekarin gefragt, ob sie mir weiterhelfen kann. Sie hatte mich zwar zunächst gefragt, ob ich eins auf die Fresse haben will, aber als ich ihr dann unsere Karte gezeigt hatte war sie sehr hilfsbereit und hat mir den Schlüssel für das Stadtarchiv unter der Bibliothek gegeben. Und ratet mal, was ich dort entdeckt habe!

Anrufbeantworterstimme: ... ich habe meine Mutter dabei beobachtet, wie sie meinem Vater an seinem ...

Gyrosbrot: Machs doch nicht so spannend!

Jumbo: Nun sag schon, Plastikschlitz! Was hast du dort gefunden?

Plastikschlitten: Ich habe einen riesigen Stapel mit X-Akten gefunden, die ausschließlich von perversen Sexpraktiken und Ritualen handeln ...

Jumbo und **Gyrosbrot**: Uiiii!

Anrufbeantworter: ... sie hat immer schneller an seinem Ding rumgeschüttelt, er war total genervt und stöhnte schon, aber sie hat nicht aufgehört ...

Plastikschlitten: ... und zwar handelt sich um eine Sekte, die in den 70er Jahren hier in Rambo Bietsch Schlagzeilen machte. Der Anführer, ein gewisser Sadoman Fistfack, propagierte perverse und abartige Sexpraktiken, um die Seele zu reinigen und durch totale Hingabe weltliche Laster zu überwinden, um so ins ewige Himmelreich zu gelangen. Nach seiner Lehre konnten nur diejenigen dieses Ziel erreichen, die sich bedingungslos immer ekeligeren Sexpraktiken hingaben. Je öfter und perverser jemand es trieb, desto höher stieg er innerhalb der Sekte. Viele Leute behaupten, dass Sadoman Fistfack sich selbst Brüste implantierte und noch heute als Frau verkleidet in Rambo Beach lebt.

Jumbo: Das ist ja interessant!

Gyrosbrot: Wenn du damals in der Sekte gewesen wärst, Jumb, wärst du sicher schon heiliggesprochen worden.

Jumbo: Jetzt lasst doch mal die Fotzeleien! Begreift ihr denn nicht?

Gyrosbrot: Ne!

Jumbo: Es heißt, dass Fotzman ...

Gyrosbrot: Fistfack!

Plastikschlitten: Jetzt lass doch mal, Gyrosbrot!

Anrufbeantworterstimme: ... dann hat es meinem Vater endgültig gereicht und ihre Hände hinter ihrem Rücken mit Gafferband zusammengebunden ...

Jumbo: Es heißt, dass dieser Mann noch heute als Frau verkleidet hier lebt.

Gyrosbrot: Ja und? Meinst du er könnte dir noch was beibringen?

Jumbo: Nein!

Gyrosbrot: Ich auch nicht.

Plastikschlitten: Jetzt lass mal gut sein, Gyrosbrot, und lass Jumbo mal ausreden!

Jumbo: Danke, Bastelschlitten!

Anrufbeantworterstimme: ... dann nahm er die Hundeleine von Gibsen, unserm Riesenschnauzer, und schlug sie ihr immer wieder auf den Hintern ...

Jumbo: Ich halte es für möglich, dass die Prostituierte, die hier in Rambo Bietsch ihr Unwesen treibt und mich ... ähäm ... und viele junge Männer schon zu perversen lustgeifernden Sexbestien gemacht hat, durchaus ein Mann sein könnte: Nämlich Eberhart Fotzenzecke.

Gyrosbrot: Fistfack!

Jumbo: Was?

Gyrosbrot: Schon gut.

Plastikschlitten: Könnte sein, Jumb! Aber wie willst du herausfinden, ob er es wirklich ist?

Jumbo: Ganz einfach! Wir probieren es aus.

Gyrosbrot: Das war ja klar. Mann soll ja immer das Gute mit dem Nützlichen verbinden, stimmt's, Erster?

Jumbo: Ich habe nicht vor, mich freiwillig zu melden. Wir losen. Wer den Kürzesten hat, muss sich als Köder zur Verfügung stellen.

Gyrosbrot: Also doch du, Jumbo. Ha! Meiner ist mindestens einen halben Meter lang und ich glaube nicht, dass Plastikschlitten seiner kürzer ist, als deine fünf Zentimeter, Jumbo!

Jumbo: Ich meine Streichhölzer, Gyrosboot! Du solltest mich nicht die ganze Zeit so foppen, Zweiter! Sonst könnte es sein, dass ich dir mal erzähle, warum der Dackel deiner Eltern letztes Jahr im Sommer einen Darmverschluss hatte, nachdem Plastikschlitten ihn vom Spaziergang im Wald wieder zurückgebracht hat!

Gyrosbrot: Häh?

Plastikschlitten: Also, wo sind die Streichhölzer?

Jimbo: Hier! - Na los zieh, Plastikschlitten!

Plastikschlitten zieht mit einem sehr konzentrierten Gesicht und verkrampft rausgestreckter Zunge eines der drei Streichhölzer aus Jumbos Faust.

Anrufbeantworterstimme: ... der Penis von Papa war plötzlich so groß geworden und der hing auch nicht mehr, sondern stand nach vorn ab. Das hättet ihr sehen müssen. Das glaubt ihr mir jetzt sowieso nicht. Auf jeden Fall ...

Jumbo und **Gyrosbrot**: Ohhhhhhhhhhhhhhhhhh!

Jumbo: Es scheint Plastikschlitten als hättest du - die A r s c h k a r t e gezogen. Hahahaaa.

Gyrosbrot und Jumbo lachen, machen Shakehands, fallen vor Lachen vom Sofa. Jumbo schlägt aus Versehen das mit Kacke verschmierte Metallsuchgerät vom Tisch, während Plastikschlitten noch das abgebrochene Streichholz in seiner Hand anstarrt. Er bemerkt auch nicht, wie Jumbo die anderen beiden abgebrochenen Streichhölzer dabei unauffällig verschwinden lässt.

Gyrosbrot: Naja, aber du bist ja auch für A r s c h iv zuständig, Plastikschlitten. Hahahahaha.

Plastikschlitten: Habt ihr endlich genug gelacht?

Gyrosbrot kriegt sich nicht mehr ein. Auch Jumbo kann sich nicht mehr beherrschen und furzt vor Lachen, während der Anrufbeantworter im Hintergrund weitere Nachrichten abspielt.

Anrufbeantworterstimme: ...und rammte ihn immer wieder wie einen Dolch in den Popo meiner Mama. Die fand das gar nicht lustig und schrie auf ...

Jumbo: (*wischt sich die Tränen aus den Augen*) Plastikschnitzel! Du inserierst in der Zeitung deines Vaters. Sag ihm, dass du eine Kontaktanzeige aufgeben willst, in der steht, dass du, 16, ledig und Analjungfrau, ein großes perverses Abenteuer suchst.

Plastikschlitten: Und wenn er mich fragt, warum ich nicht einfach zu dir gehe?

Jumbo: Dir wird schon was einfallen. Du bist doch sonst nicht auf den Kopf gefallen.

Musik

Kapitel 2

Sadoman Fistfack

Schon am nächsten Morgen erscheint die Anzeige in der Tageszeitung von Rambo Bietsch. Plastikschlitten hatte darin die Telefonnummer der Zentrale angegeben und so sitzen Gyrosbrot und Jumbo vorm Telefon und warten auf Plastikschlitten. Der Anrufbeantworter, der die ganze Nacht durchgelaufen war, spult immer noch Nachrichten ab.

Anrufbeantworter: Hallo, mein Name ist Mike. Heute morgen hab ich eine Zeitung unter dem Bett meines Vaters gefunden. Ich wollt darin Blättern, aber es ging nicht. Vorn war ne nackte Frau drauf abgebildet, die ...
Jumbo: Äh, Gyrosbrot?
Gyrosbrot: Ja, Jumb?
Jumbo: Du siehst gut aus.
Gyrosbrot: Was soll denn jetzt der Scheiß?

In dem Moment kommt Plastikschlitten durch den Geheimgang oberhalb der Zentrale in die selbige geflogen. Er knallt volles Pfund auf den Boden, weil Gyrosbrot die Matratze, die zum Auffangen des Aufpralles normalerweise dort liegt, für eine Romanze mit seiner Freundin Dachi in der Freiluftwerkstatt benötigt hatte. Plastikschlitten hat es aufgrund seiner Aufgeregtheit gar nicht mitbekommen.

Plastikschlitten: Hört mal zu, Kollegen! Ich war gestern noch mal in der Bibliothek. Ratet mal, wen ich dort getroffen habe?
Jumbo: Meinen alten Freund und Namensfetter Don Johnssen?
Plastikschlitten: Wen?
Jumbo: Nun sag schon!
Plastikschlitten: Mante Tatilda, in voller Lebensgröße.
Jumbo: Was?
Plastikschlitten: Und ratet mal, was sie dort gesucht hat!

Anrufbeantworterstimme: Hay, ich bin heute Morgen aufgewacht und mein Penis war voll angeschwollen. Ich hab total Schiss. Sind das die ersten Anzeichen von Kinderlähmung?

Das Telefon klingelt.

Gyrosbrot: Oh, Telefon.
Jumbo: Mach den Verstärker an, Plastikscheißhaufen!
Plastikschlitten: Ja, Jumb! Mach ich.
Jumbo: Und schalte die Schrottplatzlautsprecher aus!

Jumbo hebt ab, ohne die Schwerkraft zu überwinden.

Jumbo: Ja, Jango Johnssen, von den drei Paragraphen ...
Gyrosbrot: Jetzt kann er sich nicht mal mehr seinen eigenen Namen merken!
Hitschkoks: Hallo Dumbo!
Jumbo: (*schwul*) Ohhhhh, Mr. Hirschkacke.
Hitschkoks: Ich habe durch Zufall eine Anzeige mit eurer Telefonnummer gelesen. Ich wollte mich eigentlich nur davon überzeugen, dass es sich dabei um ein Missverständnis handelt.
Jumbo: Nun, ich will es mal so ausdrücken: Die Anzeige ist tatsächlich von uns und dient der verdeckten Ermittlung im Rahmen unserer Detektivarbeit.
Hitschkoks: Nun gut! Wenn das so ist, dann vermute ich mal, dass ihr auf der Suche nach Fotzenzahn Schwanzbelag seid.
Plastikschlitten: Fistfack!
Gyrosbrot: Ach da hat er seine Namensdemenz her. Ob die verwandt sind?
Hitschkoks: Was?
Jumbo: Woher wissen Sie denn das, Mr. Hirschsack?
Hitschkoks: Einer meiner Freunde war mal mit so einer Schlampe verheiratet, die bei ihren heimlichen Exzessen in eine Sexperversionssekte geraten ist. Der Anführer hieß Fickschwanz Pimmelkack...
Plastikschlitten: Fistfack!

Hitchkoks: ... und hat mit völlig bescheuerten Versprechungen Leute aus allen Gesellschaftsschichten dazu gebracht, auf die perverseste Art und Weise durch die Gegend zu ficken. Und da ich bei meinem letzten Besuch im Puff... ähhhhhh ... Puff... (*räusper*) ähhh... Puflowski, meinem Frisörsalong erfahren habe, dass in letzter Zeit wieder Fälle von unglaublicher Perversion hier in der Umgebung aufgetreten sind, hatte ich schon so eine Ahnung.

Jumbo: Was für eine Ahnung?

Hitschkoks: Na, dass ihr euch bereits mit dem Fall auseinandersetzt.

Jumbo: Ja! Das ist richtig.

Hitschkoks: Erzählt mir, wenn was dabei rausgekommen ist! Vielleicht werde ich ein Buch über diesen Fall schreiben.

Plastikschlitten: Nein!

Jumbo: Großartige Idee, Mr. Bitschfotz! Aber lassen Sie den Anfang weg!

Hitschkoks: Was für'n Anfang?

Jumbo: Na, dass mich Plastikschlitzen und Gyrosdevot beim Masturbieren erwischt haben. - So fing das doch alles an.

Hitschkoks: Davon wusste ich doch gar nichts.

Plastikschlitten und **Gyrosbrot**: Hihihi!

Gyrosbrot: Oh, ich glaube der Erste hat sich ein wenig verplappert. Jetzt weiß selbst der fette Hitschkoks, dass Jumbo ein Wichser ist.

Hitschkoks: Und ich dachte immer, die hätten dir bei der Geburt anstatt der Nabelschnur das Würmchen abgeschnitten. Das jedenfalls hat Mante Tatilda mir erzählt. Na ja egal. Haltet mich auf dem Laufenden.

Jumbo legt auf, ohne jemals an einem DJ-Pult gestanden zu haben.

Jumbo: Ich Idiot, ich Idiot! Wie kann ich bloß so dumm sein. – Aber wieso erzählt Mante Tatilda, dass sie mir bei der Geburt das Würmchen abgeschnitten haben?

Plastikschlitten: Vielleicht weil ...

Jumbo: Halts Maul! Erzähle lieber, was du von Tatilda erzählen wolltest!

Plastikschlitten: Ach ja, genau! Also ich stand da so ganz unbeteiligt bei den Mickymausheftchn – heftchen. Da sehe ich sie plötzlich an mir vorbeigehen. Hatte mich wohl nicht gesehen, denn sie ging direkt zum Schalter und fragte nach Büchern.

Jumbo: Von was handelten die Bücher, Hochgeschwindigkeitsschlitten?

Plastikschlitten: Na ja ...

Anrufbeantworterstimme: ... meine Mutter ist ne Woche im Krankenhaus gewesen und als sie wieder kam hatte sie mindestens doppelt so große Brüste. Ist die Milch eingeschossen? Hat sie vielleicht heimlich entbunden, oder ...

Jumbo: Mach's nicht so spannend, Plastikschrapnelle!

Plastikschlitten: ... über Gartenbau.

Jumbo kann nicht fassen, wie blöd der dritte und letzte Mitarbeiter seines großartigen und renommierten Detektivbüros ist. Auch Gyrosbrot fehlen die Worte.

Anrufbeantworterstimme: ... meinem Vater scheint es auch aufgefallen zu sein, er fummelt ihr ständig daran rum. Gestern hat er sie sogar mit dem Mund abgefühlt ...

Jumbo: Ich bin dafür, dass wir alleine weitermachen, Gyrosbrottasche. Was erzählt der uns denn jetzt hier für eine Scheiße? Das hat doch mit unserem Fall gar nichts zu tun.

Plastikschlitten: Naja! Immerhin ist es deine Mante, Jumb.

Jumbo: Oh Mann, wie soll ich das bloß aushalten? Die euch eigene Schwachsinnigkeit ist von derart hochgradiger Ausprägung, dass ...

Gyrosbrot: Apropos Schwachsinn labern, Jumbo. Das kannst du aber auch nicht unbedingt schlecht. Was sollte denn das eigentlich vorhin mit dem ‚Gyrosbrot, du siehst gut aus'?

Jumbo: Ach so. Äh, naja: Ich hatte überlegt, dass du, Griechenbrot, dich nackt ausziehst und über den Schrottplatz rennst.

Gyrosbrot: Warum sollte ich das tun?

Jumbo: Naja! Ich dachte, du wolltest doch immer erster Detektiv werden. Ich habe mit dem Gedanken gespielt abzutreten, und du weißt ja, dass man um erster Detektiv zu werden, irgendetwas Ekeliges oder Perverses machen muss, was die übrigen Kollegen aussuchen dürfen.

Gyrosbrot: Stimmt! Ich erinnere mich. Du musstest damals ja die Scheiße vom Hund meiner Eltern fressen und im überfüllten 16 Uhr Bus deinen nackten Arsch zeigen und schreien 'Ich bin fett und homosexuell.' Ahihihi.

Jumbo: Genau.

Gyrosbrot: Seit vorgestern weiß ich auch, warum dir das nicht schwerfiel.

Plastikschlitten: Was ist nun, Gyrosbrot? Machst du es?

Gyrosbrot: Klar! Warum nicht? Ich bin sportlich und gut gebaut. Ich muss mich nirgends wofür schämen und erster Detektiv zu sein ist mein Lebenstraum.

Gyrosbrot zieht seinen Rollkragenpullover mit den zwei gestickten Teddybären und seine Lackschuhe aus. Er öffnet seine Jeans, bis sein Calvin Klein Twing zu sehen ist. Auch dieser fällt zusammen mit seinem Muskelshirt und seinen Tennissocken auf den Boden der Zentrale, bis der Zweite splitterfasernackt im Raum steht. Im Hintergrund läuft derweil der Anrufbeantworter weiter.

Anrufbeantworter: Hay, ich bin die Tessy, und wenn ihr was über Sex wissen wollt, dann kommt doch einfach mal vorbei. Für eine Fahrt im Rollsroys lass ich so ziemlich alles mit mir machen!

Plastikschlitten: Ihhhh! Du bist ja aalglatt rasiert. Wie ekelig!

Gyrosbrot: Ach ja? Deiner Freundin hat's gefallen, Plastikschlitten!

Plastikschlitten: (*mit Riesenaugen*) Was? Du mit meiner Freundin?

Plastikschlitten springt empört auf und rammt Gyrosbrot sein rechtes Knie volle Lotte in die entblößten Glocken.

Gyrosbrot: (*brüllt*) Auaaaaaaaaa!

Gyrosbrot sackt wie ein Sack mit seinem Sack zu Boden.

Gyrosbrot: Das war doch nur ein Scherz, oahhhhuhhhuihuihui! Außerdem hast du doch überhaupt keine Freundin. Ahhhh! Du Blödmann!

Gyrosbrot windet sich vor Schmerzen auf dem Zentralenboden zwischen seinen Klamotten.

Anrufbeantworterstimme: ... ich hab mir mal an den Brüsten rumgespielt. Meine Nippel sind dabei plötzlich total hart geworden...

Plastikschlitten: Ach ja ... äh, tschuldigung. Tut's weh?

Gyrosbrot: Ahhh! Tut's weh? Tut's weh? - Natürlich tut's weh!

Gyrosbrot bekommt vor Schmerzen einen Ständer.

Anrufbeantworter: ... und dann lief mir eine Flüssigkeit aus der Schei...

Jumbo: Tja Gyrosbrot! Ich hab's mir anders überlegt. Ich bleibe erster Detektiv. Das ist mein Wohnwagen, also meine Zentrale und ich bin das Superhirn. Kannst dich wieder anziehen, Gyroskot oder Brot! Bekloppter Name übrigens! Wenn deine Eltern aus der Türkei kommen würden und nicht aus Griechenland: Du würdest 'Dönerbrot', 'Kebab' oder einfach 'Tasche' heißen. Wäre wesentlich angenehmer auszusprechen. Anstelle dessen, heißt du Gyrosbrot. Hättense dich doch gleich 'Pita' nennen können. Oder Doppelnamen: Gyros-Pita-Griechenbrot-Scraw.

Plastikschlitten lacht sich das bisschen Hirn aus dem Schädel, was er eh nur hat. Gyrosbrot hingegen hat immer noch starke Schmerzen. Doch nun kommt auch noch ein Gefühl von Trauer hinzu. Zumindest so weit, wie es die Schmerzen zulassen.

Gyrosbrot: Das ist unfair!

Gyrosbrot hält sich immer noch seinen ausgeleierten Sack.

Anrufbeantworterstimme: Hatte mir letztens einen Finger in den Arsch gesteckt und danach in der Nase gepopelt. Roch irgendwie seltsam ...

Gyrosbrot: Kann man nicht mal diesen scheiß Anrufbeantworter ausstellen?

Jimbo: Nein! Sonst kann ich die Nachrichten nicht löschen. Außerdem sind einige Beiträge ganz interessant.

Wieder klingelt das Telefon.

Plastikschlitten: Telefon!
Jumbo: Gut kombiniert, Letzter!
Plastikschlitten: Ich schalt den ...
Jumbo: Er ist bereits an. Los, Plastikschlitten! Geh du dran! Es könnte ja ein Anruf auf deine Anzeige sein. (*freu*)
Plastikschlitten: Ist gut, Jumb!

Plastikschlitten nimmt vorsichtig den Hörer von der Gabel. Es ist für ihn ein ungewohntes Gefühl. Denn er durfte bisher weder das heilige Telefon von Jumbo, noch das zu Hause bei seinen Eltern jemals berühren. Zu hoch war die Verletzungsgefahr für den ungeschickten Erdnusszögling gewesen.

Plastikschlitten: Ja, Plastikschlitten Erdnuss von den drei Paragraphenzeichen?

In der Leitung klickte es kurz, bevor ein lang gezogener Ton in A zu hören war.

Jumbo: Oh du Idiot!
Plastikschlitten: Wieso?
Jumbo: Wenn du dich mit 'Plastikschlitten Erdnuss von den drei Paragraphenzeichen' meldest, ist es doch klar, dass die Leute wieder auflegen. Du musst dich anders melden! Sie sollen nicht wissen, wer wir wirklich sind. Verdeckte Ermittlung! Verstanden?
Plastikschlitten: Klar Jumbie, tschuldigung!

Gyrosbrot steht langsam wieder auf und zieht sich wieder an, als erneut der Wählscheibenapparat auf sich aufmerksam macht. Plastikschlitten nimmt erneut den Hörer ab und hält ihn sich ans Ohr.

Plastikschlitten: Anders?

Wieder wurde das Telefonat von dem Anrufenden getrennt.

Jumbo: Hhhhhhhhhrg, du sollst dich anders melden. Damit meine ich: Du sollst dir einen anderen Namen aussuchen, und nicht 'Anders' ins Telefon sabbern, du alte Hohlbirne!
Plastikschlitten: Ach so.

Es dauert nicht lange, als wieder das Schrillen des Fernsprech-melders ertönt.

Jumbo: Geh rann, Plastikschlitzohr!!

Plastikschlitten: (*nimmt ab*) Ja? Jumbo Johnssen am Apparat?

Jumbo reißt ihm den Hörer aus der Hand und verpasst ihm eine schallende Ohrfeige.

Anrufbeantworterstimme: Meine alte Dame hat letztens eine riesige Salatgurke mit ins Schlafzimmer genommen. Eigentlich hatten wir schon gegessen ...

Jumbo: Damit wir uns jetzt nicht schon wieder missverstehen. Sag einfach: 'Hallo ich bin Steven, was kann ich für dich tun?'

Plastikschlitten: Ok, Jumbie!

Beim nächsten Klingeln nimmt Plastikschlitten schon wesentlich routinierter den Hörer und klemmt ihn sich wie eine Putzfrau beim Bügeln mit der rechten Schulter fest. Während er sich mit seinen Händen seinen grüne Kordhose wieder etwas hochzieht.

Plastikschlitten: Hallo ich bin Steven! Was kann ich für dich tun?

Stimme: (*keucht*) Oh, das weißt du ganz genau, du kleiner geiler Hengst. Du suchst also ein perverses Abenteuer?

Plastikschlitten: JJJJ...JjJ.jj.jj.jj-jJa das stimmt.

Stimme: Morgen um acht Uhr im Zahnsteinhotel. Ich warte an der Pforte. Du erkennst mich an meiner Stimme.

Plastikschlitten: Ist gut, ich komme.

Stimme: Oh ja, komm, Kleiner! Komm! Spritz alles voll!

Plastikschlitten legt den Hörer zurück.

Jumbo: Meine Damen, ich glaube wir haben ihn. Morgen wissen wir mehr.

Musik

Kapitel 3

Plastikschlitten gibt alles

Am nächsten Morgen machen sich die drei Paragraphenzeichen auf den Weg zum Zahnsteinhotel. Sie fahren mit Plastikschlittens altem VW. Gyrosbrot sitzt gekrümmt im Fond. Er hat immer noch starke Schmerzen.

Plastikschlitten: So Kinder, wir sind da!

Jumbo: Fahr noch ein Stück weiter, Plasdickgschissen! Er darf uns nicht alle zusammen sehen. Du gehst dann das Stück zurück, bis zum vereinbarten Treffpunkt.

Gyrosbrot: Eigentlich müsste ich ja jetzt bestimmen, was gemacht wird.

Plastikschlitten und **Jumbo**: Schnauze Gyrosbrot!

Plastikschlitten würgt den Käfer ab, so dass der ganze Wagen einen Satz nach vorne macht.

Plastikschlitten: Hoppla! Da wären wir. - Was hast du denn da, Jumbo?

Jumbo: Das ist eine zwanzigtausend Kilowatt Mehrgräte CB-Funkanlage. In Rambo Bietsch ist letzten Monat ein Campingplatz abgebrannt und Onkel Titte hat alles, was noch nicht völlig verkohlt war, gekauft. Unglaublich günstig! - Ich hab sie wieder in Ordnung gebracht.

Gyrosbrot: Toll, Jumb!

Jumbo: Hier, Plastikschlitten! Ein Gerät ist für dich. Versteck es unter deinem Hemd! Ich habe die Sprechtaste mit Klebeband fixiert, damit wir alles, was gesagt wird, mithören können.

Gyrosbrot: Kriege ich auch eins?

Jumbo: Naja, wenn du versprichst alles zu tun, was ich dir sage, kannst du wieder mitmachen.

Gyrosbrot: Okay, Jumb! Du bist der Scheff.

Jumbo: Na gut! Dann zieh die Hose runter und steck dir deine Faust in den Arsch.

Gyrosbrot : M..m..m..mo...Moment mal ...

Plastikschlitten: Immer das gleiche mit dir, Gyrosbrot. Willst du schon wieder kneifen?

Jumbo: Tu was ich dir sage!

Gyrosbrot steckt sich unter Schmerzen die ersten zwei Finger, dann auch die letzten beiden Finger und zuletzt den Daumen noch in seinen Anus, bis die ganze Faust in seinem Arsch verschwindet.

Gyrosbrot: Ahhhhh ...

Jumbo: Na also, dann ist ja alles klar.

Gyrosbrot: Ich kriechse nicht mehr raus.

Plastikschlitten: Okay Kinder, dann werde ich unserem Mr. Unbekannt mal einen Besuch abstatten.

Plastikschlitten steigt aus und watschelt auf dem Bürgersteig zum nächsten Block, wo der Haupteingang vom Zahnsteinhotel liegt. Unterwegs packt er seine Fickrübe aus und pisst sich beim Gehen auf die Hose und die Schuhe, so wie es abends in der Zentrale besprochen worden war. Im Auto fängt Gyrosbrot an zu heulen.

Jumbo: Was ist denn nun schon wieder, Papyroskot?

Gyrosbrot: Ich will aber auch ein Funkgerät haben, wie Plastikschlitten!

Jumbo: Okay, da hast du eins. Aber wisch dir erst deine Hand ab. Und nun gib Ruhe! Wir müssen beobachten, was sich am Hotel abspielt.

Gyrosbrot: Plastikschlitten geht jetzt rein.

Jumbo: Ja, das sehe ich auch.

Gyrosbrot: Mir tut die Kiste weh.

Jumbo: Kannst du dich nicht einmal in deinem Leben auf das Wesentliche konzentrieren? (*legt das Funkgerät aufs Armaturenbrett und dreht die Lautstärke auf*)

Plastikschlitten: (*durchs Funkgerät*) Ich bin jetzt drin.

Gyrosbrot: (*gelangweilt*) Das sehen wir.

Portje: (*durchs Funkgerät*) Guten Tag! Sie wünschen?

Plastikschlitten: (*durchs Funkgerät*) Ich? Wer? Ich? Och, nichts Bestimmtes.

Portje: Aber irgendetwas müssen Sie doch wollen. Wollen Sie ein Zimmer? Das hier ist schließlich ein Hotel und nicht die Bahnhofsmission.

Plastikschlitten: (*durchs Funkgerät*) Ich ... (*flüstert*) Was soll ich ihm sagen?

Jumbo: Du blöder Idiot! Du kannst uns doch überhaupt nicht hören. Verdammt noch mal, warum schnallt er es nicht? Mein Gott nicht noch mal! Wenn man nicht alles selber macht.

Portje: (*durchs Funkgerät*) Also! Was willst du hier?

Gyrosbrot: Jetzt sag doch irgendwas!

Plastikschlitten: (*durchs Funkgerät*) Ich! Ich hab meine Eltern hier verloren und wollte fragen, ob Sie die vielleicht ausrufen können. He?

Portje: (*durchs Funkgerät*) Hä?

Jumbo: Oh Gott! (*schlägt die Hände vorm Gesicht zusammen*) Das kann doch alles nicht wahr sein.

Der Unbekannte: (*durchs Funkgerät*) Hallo!

Gyrosbrot: Da!

Jumbo, immer noch verzweifelt, hat die Neuigkeit noch gar nicht mitbekommen, denkt darüber nach, mit der Zentrale Urlaub in Holland zu machen.

Gyrosbrot: (*aufgeregt*) Jumbo! Das ist er!

Jumbo: Wer?

Gyrosbrot: Na der Anrufer! Ich erkenne ihn an der Stimme.

Jumbo: Bingo! Jetzt haben wir ihn.

Der Unbekannte: (*durchs Funkgerät*) Bist du Steven?

Plastikschlitten: (*durchs Funkgerät*) Nein, ne ä ja, ja natürlich ja na klar hehehe ja, ich bin Steven.

Der Unbekannte: (*durchs Funkgerät*) Das ist schön. (*zum Portje*) Wir nehmen das Zimmer auf der Fensterseite. Wie immer.

Portje: (*durchs Funkgerät*) Alles klar! Wie immer.

Jumbo und Gyrosbrot hören Treppenstufengepolter aus ihren Funkgeräten.

Der Unbekannte: (*durchs Funkgerät*) So da sind wir.

Plastikschlitten: (*durchs Funkgerät*) Ja, wie wär's, wenn ich mich vorher frisch mache?

Der Unbekannte: (*durchs Funkgerät*) Du bist frisch genug, du geiler Junge.

Sie hören durchs Funkgerät wie Kleider zerrissen werden.

Plastikschlitten: (*durchs Funkgerät*) Nicht!

Der Unbekannte: (*durchs Funkgerät*) Doch! (*Schmatzsabberlutschstöhnschreiwehrüberlegen-seinen-Pimmel-im-Anusversenkgeräusche*) Oh, ist dein Arsch schön eng.

Plastikschlitten: (*durchs Funkgerät*) Auaaua!

Gyrosbrot (nicht durchs Funkgerät) lacht.

Jumbo: Hör auf zu lachen, Griechenkot! Unser Plan gerät außer Kontrolle. Der macht ihn fertig. Wir müssen Hastigschritten da rausholen, bevor er das Funkgerät entdeckt.

Der Unbekannte: (*durchs Funkgerät*) Ah, war das geil. Oh, ich hab dir deinen Pullover vollgespritzt. Warte! Ich zieh ihn dir aus.

Plastikschlitten: (*durchs Funkgerät*) Nein, nein, das geht schon.

Der Unbekannte: (*durchs Funkgerät, wieder Kleiderzerreißgeräusche*) Ach was ... was ist das? Wurdest du abgehört?

Plastikschlitten: (*durchs Funkgerät*) Höa? Was ist das denn? Das muss mir einer da reingesteckt haben.

Der Unbekannte: (*durchs Funkgerät*) Und heimlich mit Lenkerband dreimal um deinen Wanst gewickelt? Ist schon klar. Los gib mal her!

Plastikschlitten: (*durchs Funkgerät*) Nein, nein! Das ist mein äääähxterner Herzschrittmacher! Der letzte Schrei, der absolute Renner!

Sie hören (durchs Funkgerät) wie ein Gegenstand auf den Boden gekloppt wird. Kurz danach bricht die Verbindung ab.

Jumbo: So ein Mist, wir haben den Kontakt verloren. Wir müssen Inspektor Kotzer rufen.

Gyrosbrot: Wie denn?

Jumbo: Schon gut, Gyrosbrot! Das ist der Grund, warum du ewig zweiter Detektiv bleiben wirst. Gib mir einfach dein Handy.

Gyrosbrot: Genialer Einfall! Du bist ein Genie. Klar, Handy. Okay, Jumb! Ist aber noch ein bisschen von meiner Kacke dran, wegen eben.

Während Gyrosbrot Jumbo das Mobilfunkgerät reicht, klingelt es plötzlich. Jumbo drückt auf den Gesprächsannahmeknopf und hält es sich an sein fettes Ohr.

Jumbo: Ja, Jumbo Johnssen von den drei Paragraphen.

Kocker: Hallo Jumbo! Ich habe gehört, du wolltest mich gerade anrufen?

Jumbo: Äh ... Mr ... Inspektor Kotzer? (*staun*) Woher wissen Sie denn das?

Kocker: Nun Jumbo! Wie es aussieht benutzen du und deine Kollegen eine zwanzigtausend Kilowatt Mehrgeräte CB-Funkanlage. Das heißt, dass im Umkreis von hundert Kilometern in jedem Autoradio, Kassettenrekorder, Fernseher und jedweden Lautsprechern nur noch euer Gequatsche zu hören ist. Das gilt auch für den Polizeifunk. Wie geht's Plastikschlitten?

Jumbo: Das wissen wir nicht genau. Wir wollten Sie gerade um Unterstützung bitten. Wie schnell können Sie am Zahnschweinhotel sein?

Jumbo hat noch nicht ganz ausgesprochen, da klopft es an das Seitenfenster. Jumbo kurbelt verblüfft das Fenster herunter.

Gyrosbrot: Inspektor Kocker, wo kommen Sie denn so plötzlich her? (*Kackbröckchen von der Hose wischend*)

Jumbo: Inspektor Kacke, das ging aber wirklich schnell. Das ... äh ... sehr schnell. Warten Sie, ich öffne Ihnen die Tür.

Kocker setzt sich auf den Fahrersitz.

Kocker: Wir müssen ihn daraus holen.

Jumbo: Ja dann los! Auf geht's!

Kocker: Okay, dann macht schnell! Geht rein überwältigt den Unhold, rettet Plastikschlitten und verhaftet diesen üblen Schurken!

Gyrosbrot: Ist das nicht Ihr Job?

Kocker: Doch schon, aber ich trau mich nicht.

Gyrosbrot: Das mit dem Nichttrauen, ist das nicht mein Job?

Kocker: Verschwendet nicht unnötig Zeit. Ich bleibe hier und bewache das Autoradio. Wenn er aus dem Haupteingang fliehen will, dann pack ich ihn mir.

Jumbo: Alles klar!

Jumbo und Gyrosbrot quälen sich aus dem alten Kugelporsche und rennen und stolpern in Richtung Haupteingang. Jumbo, voll im Arsch von den vierzig Metern Laufen, völlig außer Atem sich am Tresen krampfhaft festhaltend, nach Luft schnappend, die Augen vor Kraftlosigkeit ob dieser Kraftanstrengung verdrehend, Schweißperlen auf der Stirn, aus dem letzten Loch pfeifend, krächzend zum Portje:

Jumbo: Hamse hähhähähh ... hamse ... ha ... achähö...höhö...höh (*durch Atemnot verursachte Hustenanfälle*)

Gyrosbrot: Lass mich mal! Hamse einen Jungen und einen Mann herunterkommen sehen?

Portje: Nein.

Gyrosbrot: Nein. Also sind sie noch oben. Komm, Jumbo!

Gyrosbrot zergelt den strauchelnden Jumbo die Treppen hoch.

Gyrosbrot: Welches Zimmer, Jumb?

Jumbo, noch mehr im Arsch vom treppenhochgezogen werden.

Jumbo: Irgendwo auf der Fensterseite.

Jumbo kann nicht mehr. Mit einem wändeerzitternden Gerumpel fällt das Paragraphenschwergewicht kraftlos zu Boden.

Jumbo: Gyrosbrot, geh du alleine weiter!

Gyrosbrot: Aber ich kann dich doch hier nicht alleine und einsam ster...

Jumbo: Nun geh schon, wir sind hier ja nicht im Krieg!

Gyrosbrot: (*rennt los und öffnet die erste Tür*) Plastikschlitten?

Männerstimme: Mach die Tür zu. Siehst du nicht, dass du störst?

Gyrosbrot rennt durch den Flur zur nächsten Tür, reißt sie auf.

Gyrosbrot: Plastikschlitten?

Frauenstimme: Ahhhhhhhhhhhhhhhhhhh!

Gyrosbrot läuft den Gang zurück, öffnet versehentlich noch mal die erste Tür.

Gyrosbrot: Plastikschlitten?
Männerstimme: Wir brauchen keine Plastikschlitten! Verschwinde du Penner! (*Tür knallt wieder zu*)

Gyrosbrot hat mittlerweile die Orientierung verloren. So viele Türen und Gänge kann er nicht auseinanderhalten. Mit ein Grund, warum er die Schule verweigerte und anstelle dessen bei den Paragraphenzeichen angeheuert hatte.

Gyrosbrot: (*bei der 100sten Tür*) Plastikschlitten?
Plastikschlitten: Ja bitte?

Gyrosbrot schmeißt die Tür wieder zu und rennt zur 101sten Tür, hält inne und rennt wieder zur 100sten Tür.

Gyrosbrot: Plastikschlitten, da bist du ja!
Plastikschlitten: Ja.

Jumbo, der gemütlich mit auf dem Bett sitzt, winkt dem Zweiten auch etwas gelangweilt zu.

Gyrosbrot: Jumbo, wie bist du denn hier reingekommen?
Jumbo: Während du hier bescheuert wie ein Vollidiot durch die Gänge gehetzt bist, war ich unten in der Cafeteria, hab mich bei einer Limo von dem Spurt erholt, hab den Portje nach der Zimmernummer gefragt, bin mit dem Fahrstuhl hier hochgefahren und jetzt warten wir bereits eine halbe Stunde auf dich, Gyrosboot.
Gyrosbrot: Wo ist der Unbekannte?
Jumbo: Er ist weg und weiß jetzt mehr.
Plastikschlitten: Mir geht's übrigens einigermaßen gut, Gy...
Gyrosbrot: Sei doch mal ruhig, Plastikschlitten! Wenn die Kuchen sich unterhalten, haben die Krümel Sendepause.

Plastikschlitten zieht ein eingeschnapptes Gesicht und verschränkt demonstrativ seine Arme.
Gyrosbrot: Was weiß er mehr, Jumb? Dass Plastikschlitten ein kleines rotes Herzchen auf seinen Arsch tätowiert hat, oder was meinst du?

Jumbo: Ich hab das Gefühl, dass ich hier der einzige Kuchen bin. Ich meine, er weiß jetzt, dass wir ihm auf der Spur sind.

Plastikschlitten: Ja genau!

Jumbo: Also noch mal, Bob: Was hast du gesehen?

Gyrosbrot: Er heißt Plastikschlitten, nicht Bob!

Plastikschlitten: Nun ja, eigentlich nicht viel. Sein Gesicht war mehr wie ein Fleck.

Jumbo: Eine Strumpfmaske!

Plastikschlitten: Seine Stimme klang heiser.

Jumbo: Er hat sie verstellt. Kommilitonen, mir scheint als hätte unser Mr. Strumpfmaskenhansharz irgendetwas zu verbergen.

Gyrosbrot: Ja natürlich! Er will nicht, dass wir ihm auf die Schliche kommen.

Jumbo: Gyrosbrot, woher sollte er wissen, dass wir bescheuerte Paragraphen sind und nicht wie andere Kinder in die Schule gehen, sondern hintern Perversen her sind?

Plastikschlitten: Sag bitte nie wieder dieses Wort! Aua!

Jumbo: Was für'n Wort? - Perverser?

Plastikschlitten: Nein! Du hast Hintern gesagt. Aua.

Jimbo: Hab ich nicht.

Plastikschlitten: Doch. Aua.

Gyrosbrot: Plastikschlitten, sei doch mal ruhig und lass Jumbo weiterreden.

Jumbo: Also, wie gesagt: Er konnte, wenn er wirklich Bernhard Schwanzlurch ist...

Plastikschlitten: Fistfack!

Jumbo und **Gyrosbrot**: PLASTIKSCHLITTEN!

Jumbo: Halt jetzt endlich die Schnauze!

Gyrosbrot: Sprich weiter, Scheff!

Jumbo: Er hätte also nicht ahnen können, dass wir gegen ihn ermitteln. Deshalb hätte er sich auch nicht maskieren und seine Stimme zu verstellen brauchen.

Gyrosbrot: Du meinst, er wusste, dass wir gegen ihn ermitteln und hat deshalb sein Gesicht maskiert und seine Stimme ver...

Jumbo: Mehr als das, Gyrosbrei. Ich denke sogar, dass wir ihn kennen. Spastikficken, hast du sonst noch etwas gesehen und gehört, was dir bekannt vorkam oder irgendetwas Auffälliges bemerkt?

Plastikschlitten: Moment! (*schnippt mit den Fingern*) Du hast Recht, Jumb! Mir ist etwas aufgefallen!

Gyrosbrot: Was denn, Plastikschlitten? Nun erzähl schon!

Plastikschlitten: Der Mann hatte auf der rechten Hand drei Punkte eintätowiert, so wie es die coolen Typen im Knast machen.

Gyrosbrot: Du meinst in Form eines Dreiecks, so wie bei deinem Vater, Plastikschlitten?

Plastikschlitten: Ähh ... genau ... (*Stille - plötzlich, wie Schuppen aus den Haaren*) Und dann habe ich noch was bemerkt. Du sagst ja immer, dass wir unsere Beobachtungsgabe trainieren sollen, Jumb. Also habe ich versucht auf alle Details zu achten, auch wenn sie noch so unscheinbar anmuteten.

Jumbo: Sag schon, Plastikschlitten! Was ist dir noch aufgefallen?

Plastikschlitten: Er hatte ziemlich dicke Titten!

Gyrosbrot: Er hatte was?

Jumbo: Titten, Gyroskot. Ein umgangssprachlicher Ausdruck für die auch unter dem Namen Busen oder einfach Brüste bekannten Milchdrüsen eines Menschen weiblichen Geschlechts. Sie zählen zu den sekundären Gesch...

Gyrosbrot und **Plastikschlitten**: (*im Chor mit geschwollenen Hals- und Stirnschlagadern*) Schnauze Fettschwein!

Portje: (*klopft an der Tür*) Wenn ihr noch länger bleiben wollt, müsst ihr nachzahlen, und zwar im Voraus!

Jumbo: Nicht nötig, Sir. Wir wollten gerade gehen. Kommt, Kollegen!

Die drei Paragraphenzeichen gehen das Treppenhaus hinab und gelangen zum Ausgang des Zahnsteinhotels.

Gyrosbrot: Nanu, wo ist denn Inspektor Kocker? Wollte er nicht deinen neuen Stecher hier abfangen, Plastikschlitten?

Plastikschlitten: Aua.

Jumbo: Da vorn ist er, aber man sieht nur seine Füße. Sie kucken aus deinem Fickschlitten raus, Plastikschlitten.

Plastikschlitten: Was macht er denn da auf dem Rücksitz?

Gyrosbrot: (*energisch*) Kommt, wir laufen hin!

Die drei Rambobietscher rennen was das Zeug hält Richtung Kugelporsche.

Jumbo: (*außer Puste, noch im Laufen*) Inspektor Schnodder, was tun sie denn da?

Kocker schießt erschrocken rückwärts aus dem Auto, stößt sich volle Kanne die Birne am Türrahmen, seine Krawatte verfängt sich in der Aufwärtsbewegung an der Fensterkurbel. Er verliert das Gleichgewicht, stürzt auf das Pflaster und reißt dabei die Beifahrertür aus dem Käfer. Plastikschlitten kann nicht fassen, was er da sieht und bleibt urplötzlich stehen. Jumbo rennt ihn von hinten über den Haufen und kommt kurz vor dem VschrottW zum Stehen. Gyrosbrot, er ist der sportlichere der drei Paragraphenzeichen, nutzt die Verwirrung für eine kleine Extrarunde um den nächsten Block, um fit zu bleiben.

Jumbo: Inspektor Kitzler, ich glaube sie sind uns eine Erklärung schuldig. Warum haben sie unseren Verdächtigen nicht wie abgesprochen am Eingang des Hotels festgehalten? Und was hatten sie auf Plastikschlitzens Rücksitz zu suchen?

Kocker: Hilf mir erst mal hoch, dann will ich euch alles erklären.

Jumbo hilft Kocker beim Aufstehen, während Plastikschlitten sich wieder aufrappelt - mit Tränen in den Augen. Er hebt seine Tür auf (Kocker hatte seinen Schlips von der Kurbel gefrickelt) und lehnt sie traurig an das Loch, das sie hinterlassen hatte. Jetzt kommt auch Gyrosbrot wieder dazu und alle stellen sich um Kocker. Jumbo hat seinen Basi rausgeholt, Plastikschlitten spielt bereits mit seinem Schmetterlingsmesser und Gyrosbrot nestelt nervös an seinem Halfter rum.

Kocker: Hört zu und regt euch nicht auf! Im Auto habe ich ein Nickerchen gehalten und deshalb habe ich auch verpennt, am Eingang aufzupassen.

Gyrosbrot: (*lacht beruhigt*) Ach so, ja dann ist ja alles in Ordnung.

Plastikschlitten: Und was ist mit meinem Auto?

Gyrosbrot: War doch eh nur ein Verkehrsrisiko.

Jimbo: Ich ruf Mordundtotschlag an.

Musik

Kapitel 4

Freund oder Feind

Am Abend treffen sich die drei Paragraphenzeichen in der Zentrale auf dem Schrottplatz, um noch einmal über alles zu reden. Der erste Detektiv sitzt an seinem kleinen Schreibtisch, den er auf dem Sperrmüll gefunden und fachmännisch repariert hatte. In der Ecke bollert ein kleiner Kanonenofen und verbreitet eine angenehme Wärme, während von draußen der kalte Regen auf das Dach trommelt. Gyrosbrot füttert Blackunddecki und Plastikschlitten pult aus langer Weile mit einem rostigen Schraubenzieher Nieten aus der Zentralenwand. Jumbo knetet an seinem Sack, ein sicheres Zeichen dafür, dass er mal wieder angestrengt nachdenkt. Plastikschlitten gelingt es, eine besonders fest sitzende Niete aus der Aluminiumwand zu proakeln, was zur Folge hat, dass die komplette Seitenwand des Wohnwagens wie ein Dominostein umfällt. Der Wind treibt Jumbo den Regen ins Gesicht und sämtliche Unterlagen und Notizen wirbeln durch die Gegend und alle elektrischen Geräte und Apparate sind sofort im Arsch, als das Dach einstürzt und ratzdifatz die ganze Zentrale unter Wasser steht. Jumbo zuckt hoch. Auf der linken Backe hat er einen tiefen Abdruck von dem Kugelschreiber, auf dem er seinen Kopf abgelegt hatte, als er vor lauter Nachdenken an seinem Schreibtisch eingeschlafen war. Er steht nun von seinem Schreibtischdrehhocker auf und latscht mit wippender Morgenlatte in der Zentrale auf und ab.

Jumbo: (*denkt*) Wer ist Fistfack? Ist Plastikschlittens Lover Fistfack? Die Brüste und die Tätowierungen deuten klar darauf hin.

Im Hintergrund läuft immer noch der Anrufbeantworter.

Anrufbeantworterstimme: Hay ich bin Sally, meine Mutter geht nachts immer weg. Angeblich geht sie in den Supermarkt, weil dort nachts nicht so viel los ist. Außerdem badet sie viel. Ist doch komisch, oder?

Plötzlich klingelt das Telefon.

Jumbo: Plastikschlitz schalte ... oh ... keiner mehr da.

Jumbo nimmt ab, ohne ein Gramm seines massigen Körpergewichts zu verlieren.

Jumbo: Ja, Jumbo Johnssen von den drei Paragraphen.
Heisere Stimme: Oh, oh, ja.
Jumbo: Hallo, wer ist denn dort?
Heisere Stimme: Jahh jah!
Jumbo: Hallo, melden Sie sich doch!
Heisere Stimme: Oh, ich komme!
Jumbo: Hallo, wer denn? Und warum wollen Sie denn kommen? Es ist fünf Uhr morgens, und ich hab nur eine Jogginghose an, durch die man mein halberigierten Penis erahnen kann. Es wäre mir sehr unangenehm, jetzt Besuch zu bekommen.
Heisere Stimme: Ja, ja du fette Sau, erzähl mir mehr!
Jumbo: Fistfack, sind Sie es?
Heisere Stimme: (*nicht mehr heiser*) Ahhhh! (*Abspritzgeräusche*) Fertig. Tat das gut. - Ihr solltet euch nicht in Angelegenheiten reinmischen, die euch Jungs nichts angehen.
Jumbo: Sie haben aus dem Darmausgang von meinem Freund Plastikklitoris einen Trichter gemacht, und Sie sagen, dass mich das nichts angeht?
Stimme: Erzähl nicht son dummes Zeug! Ich hab euch gewarnt.

klick

Jumbo: Hörn Sie, Mr. Fistkack. Sie wissen wohl gar nicht, wen Sie vor sich haben. Straftaten sind nämlich unser Hobby. Wir versuchen sie aufzuklären und das ist uns in vielen Fällen auch schon gelungen. Wir können keinen Erfolg garantieren, aber wir hatten schon oft Erfolg in Fällen, wo beamtete Gesetzeshüter keinen hatten. Wir sind und bleiben Ihnen auf den Versen, wir wissen alles über Sie ... (*stunden später*) ... und als Sie sich 1974 selbst die Brüste implantierten. Alles Maskerade, damit man Sie nicht mehr findet. Aber wir werden Sie kriegen und dann werden Sie Ihrer gerechten Strafe zugeführt. Ob Sie nun eine Frau oder ein Mann sind. Wir werden Ihnen das Handwerk legen ...

Die Morgensonne scheint bereits seit Stunden in die Zentrale, als Jumbo immer noch in den Hörer sabbert und Gyrosbrot und Plastikschlitten in die Zentrale kommen.

Gyrosbrot: Sag mal, mit wem redest du denn da, Jumbo?

Jumbo: (*zu Gyrosbrot, mit der Hand auf der Sprechmuschel*) Pst! (*in den Hörer*) Wir kriegen Sie, Knicksknacks und dann packen wir Sie an den Eiern. Ham Sie mich verstanden? Mr. Christpack? - Aufgelegt! So ein unhöflicher Mensch, hat nicht mal ,Auf Wiedersehen' gesagt.

Jumbo legt den Hörer auf und wendet sich seinen Freunden zu.

Jumbo: Und? Gibt's was Neues?

Plastikschlitten: Allerdings. Ich hab mir nen neuen VW Käfer gekauft.

Jumbo: Was willst du denn mit der Kiste dort?

Plastikschlitten: Hier sind alle Sachen drin, die vorher in meim alten Käfer drin waren. Meine Fotokamera, ein unbenutztes Kondom, ein Verbandskasten, Warndreieck, und ha, hier sind noch zwei unentwickelte Filme.

Gyrosbrot: Hey Plastikschlitten, das sind ja die Filme, die wir noch von Mante Tatilda mit der selbstauslösenden Kamera über zwei Nächte gemacht haben. Für die Fotostory, die wir aus Langeweile über sie machen wollten, bevor wir diesen Fall bekommen hatten. Lass sie uns doch jetzt mal entwickeln.

Jumbo: Macht das, - wenn der Fall gelöst ist. Wir brauchen alle Konzentration jetzt für Pisskack. Plastikschlitten, halt die Schnauze! Außerdem finde ich es eine Unverschämtheit die Intimsphäre meiner Mante zu veröffentlichen.

Gyrosbrot: Prgt (*Lachgeräusch*) Intimsphäre. Das hört sich fast so an, als ob deine fette hässliche Mante noch mit irgendjemanden hemmungslosen Teeniesex haben würde. Selbst Titte, der geile Bock, schläft, seit sie verheiratet sind nicht bei ihr im Bett, weil sie im Schlaf mehr furzt als dass sie atmet. Kein Wunder, dass sie keine eigenen Kinder haben, und dich aus dem Waisenhaus für fettsüchtige Schwabbelkinder holen mussten, damit es nicht auffällt.

Jumbo: Ich möchte nicht, dass ihr so über meine Mante und meinen Onkel redet.

Gyrosbrot: Ich wette, die ham noch nie miteinander Sex gehabt. Dein Onkel hat die Alte doch sowieso nur geheiratet, weil ihr der Schrottplatz gehörte.

Jumbo: Übertreib es nicht, Gyrosbrot!

Gyrosbrot: Der kriegt wahrscheinlich noch nicht mal einen hoch, selbst wenn er den Viagrabestand der ganzen Welt aufkaufen würde, bei der hysterischen Schrulle.

Gyrosbrot wird per Faustschlag von Jumbo in seinen Ausführungen gestoppt.

Gyrosbrot: Aua!

Plastikschlitten: Hätten wa besser ne Photostory über Jumbo seine Fummeleien gemacht. Sieh mal Gyrosbrot, er hat jetzt auch schon wieder nen Halbsteifen in seiner Jogginghose. Bestimmt ist er wieder am Schreibtisch eingepennt.

Auch Plastikschlitten bekommt eine rein.

Plastikschlitten: Aua!

Gyrosbrot: Ja, der Striemen auf seiner Backe verrät es. Hättest du besser mal den Kuli vorher da weggenommen.

Plastikschlitten und Gyrosbrot voll am Lachen.
Jumbo lacht mit. Es wirkt allerdings etwas künstlich.

Jumbo: Hört zu Kollegen! Ich habe heute Nacht mit einem Mann gesprochen. Ich weiß nicht wer er war, aber es kristallisierte sich heraus, dass es Doublefisting Schwanzbelag gewesen sein muss. Ich habe das Telefonat absichtlich etwas in die Länge gezogen, damit es von unserem Telefonanrufaufspürgerät zurückverfolgt werden konnte. Und ich sehe gerade, dass das Ergebnis auf dem Bildschirm erscheint.

Gyrosbrot und **Plastikschlitten**: (*gespannt*) Na los!

Gyrosbrot: Sag schon! Woher kam der Anruf?

Im Hintergrund ist der immer noch laufende AB zu hören.

Anrufbeantworterstimme: Meine Mutter treibt es mit dem Postboten. Alle wissen es, nur mein Alter nicht. Wahrscheinlich ist mein Alter gar nicht mein Alter. Auf jeden Fall sagt der Postbote immer ‚Mein Sohn' zu mir. Dann wäre das gar kein Skandal, na ja, trotzdem komisch. Soll ich zu dem Postboten jetzt Papa sagen, aber was sag ich dann zu Papa? Postbote?

Jumbo: (*ungläubig*) Aber ... das gibt's doch nicht. Direkt aus dem Polizeirevier von Rambo Bietsch!

Plastikschlitten: Waasss?

Gyrosbrot: Du begreifst aber auch gar nichts, Schlitten! Direkt aus dem Polizeirevier von Rambo Bietsch! (*zu Jumbo*) Bist du dir sicher, dass du dich nicht verguckt hast?

Jumbo: Kollegen, ich glaube der Fall spitzt sich zu. Wir sollten als nächstes genau prüfen, wer unser Freund und wer unser Feind ist. Ich bin ziemlich sicher, dass in dieser Hinsicht eine unerwartete Überraschung auf uns wartet.

Gyrosbrot: Wie meinst du das, Jumbi? Möchtest du nicht mehr unser Freund sein?

Plastikschlitten: (*mit Tränen in den Augen, zitternde Stimme*) Und die ganzen Fälle, die wir gelöst haben? Willst du die ganze Zeit einfach so wegschmeißen?

Jumbo: Versteht ihr denn nicht? Dass der Anruf aus dem Polizeirevier kam, bedeutet, dass dieser Hampelmann Schlitzkack ...

Gyrosbrot: Fistfack!

klatsch

Jumbo: ... entweder unterschwellige Beziehungen zum hiesigen Polizeiapparat pflegt oder getarnt durch selbigen seinen Machenschaften nachgeht.

Gyrosbrot: Jumbo, kannst du dich nicht mal normal ausdrücken?

Plastikschlitten: (*zeitgleich mit Plastikschlittens letzten zwei Worten*) Ja!

Jumbo: Ich erkläre es euch später. Ach übrigens, Plastikschlitz, an wen hast du eigentlich deinen Käfer verkauft?

Plastikschlitten: An Inspektor Kocker. Er hat gesagt, als Entschädigung dafür, dass er mir die Tür abgerissen hat. Er hat mir ein gutes Angebot gemacht.

Jumbo: Hm. Das hab ich mir fast gedacht. Fragt sich nur, wie das alles zusammenpasst.

Gyrosbrot: Wie was zusammenpasst, Jumb? Sag schon!

Plastikschlitten: Vergiss es, Gyrosbrot! Der Erste hat mal wieder einen Plan und hebt sich die Sahne wie üblich bis zum Schluss auf. Ich frag mich sowieso, warum wir überhaupt hier mitspielen. Soll er doch seinen Scheißladen umbenennen in 'Das fette Schwabbelzeichen' und uns in Ruhe lassen.

Gyrosbrot: (*lacht*) Die Sahne bis zum Schluss, haha, wenn er nicht aus dem Schochen kommt, wird seine Sahne bis zum jüngsten Gericht warten müssen. Hihi.

Jumbo: Sagt mal, spinnt ihr jetzt völlig?

Plastikschlitten: (*lacht jetzt ultra*) Und dann nennen sie ihn nur noch Jutta, denn seine Sahne wurde zu Butter!

Gyrosbrot: (*erst vor Lachen schreiend, dann totaler Lachkrampf*) JUTTA Johnssen, DAS PIMMELCHEN AUS DEM KINDERFERNSEHEN!

Plastikschlitten: (*verliert völlig die Kontrolle, wälzt sich mit Gyrosbrot vor Jumbos Füßen auf dem Zentralenboden rum*) JUTTA Johnssen, HAHA, HAT SICH EINEN KLEINEN ZIPFEL ANNÄHEN UND 80 KILO FETT IMPLANTIEREN LASSEN, UND LÄUFT HEUTE UNDERCOVER ALS UNERKANNTER FERNSEHPIMMEL IM JOGGER DURCH RAMBO BIETSCH, HAHAHAAAAA, ICH LACH MICHT TOT!

Jumbo: (*lässt sich gar nicht irritieren*) Moment mal, Pastellschnitte, was sagst du da? Wiederhol das noch einmal!

Plastikschlitten: (*hat sich etwas beruhigt, immer noch auf dem Zentralenboden*) Aber nicht noch mal hauen.

Jumbo: (*springt auf, Zentrale schwankt bedrohlich*) Ich hab's! Kollegen, das ist die Lösung!

Gyrosbrot und Plastikschlitten schauen sich verdutzt an, hatten eigentlich mit Ohrfeigen gerechnet.

Gyrosbrot: Was denn, Jumb? Sag schon!

Jumbo: Undercover, das bedeutet verdeckt oder unerkannt ermitteln oder operieren. Plastikschlitzauge, du kommst mit mir, wir fahren sofort zum Präsidium. Gyrosfladenbrottasche, du bleibst hier und bewachst das Telefon und steckst die Nieten wieder rein, damit nicht alles zusammenbricht.

Gyrosbrot: Welche Nieten? Bist du jetzt völlig durchgeknallt?

Jumbo: Vergiss die Nieten! Komm Rennschlitten! Wir müssen los!

Mit den Fahrrädern fahren die beiden Paragraphen Richtung Polizeistation, kehren allerdings nach wenigen Metern wieder um, da ihnen einfiel, dass sie ja mittlerweile Autos besitzen.

Jumbo: Park gleich hier direkt vorm Eingang!

Plastikschlitten: Aber dann kommt hier doch überhaupt keiner mehr weder rein noch raus.

Jumbo: Genau das möchte ich ja auch bezwecken. Wenn Commodowaran Schmitzkatz von hier angerufen hat, ist er bestimmt noch hier drin. Wenn er dann fliehen will, wird er sich in unserem Käfer wiederfinden.

Plastikschlitten: Okay! Ich halte ihn dann in Schach und warte, bis du wiederkommst.

Jumbo: Plastikschlitzpisser, heute so intelligent? Ich erkenn dich kaum wieder.

Plastikschlitten: Wieso nicht, ich sehe doch aus wie immer, oder? Hab ich mich im Gesicht verändert? Jumbo, sag doch was! Erkennst du mich jetzt wieder? (*strubbelt sich durchs Haar*) Ich bin's, der Plastikschlitten, dein Dritter!

Jumbo: mphhh ...

Jumbo verdreht die Augen und steigt kopfschüttelnd aus dem Auto.

Jumbo: (*an der Pforte*) Entschuldigung!

Pförtner: Ja bitte?!

Jumbo: Ich brauche eine Liste von allen Polizisten, die gestern von zwölf Uhr abends bis heute morgen um fünf Uhr Dienst hatten oder Anderen, die sich in dieser Zeit hier aufgehalten haben.

Pförtner: Einen Moment. Ich geh direkt los und besorge dir die Liste. Dauert vielleicht etwas. Willst du einen Kaffee?

Jumbo: Ja, schwarz, mit Milch und Zucker. (*dreht sich zum Pförtner rüber, der immer noch dasitzt und in sich hinein grinst*) Was ist nun?

Pförtner: Du kannst mir auch mal den Eichelkäse vom Schwanz lutschen. (*wendet sich wieder seiner bisherigen Arbeit zu ohne Jumbo zu beachten*)

Jumbo: Entschuldigen Sie, ich bin zutiefst empört. Mein Name ist Jumbo Johnssen, von den drei Paragraphenzeichen. Sie können das nicht wissen, Sie sind neu hier, aber ich zeige ihnen unsere Karte. (*denkt: Gut dass Plastikschlitten gestern wieder neue Karten auf seinem C 64 fertig gemacht hat. Manchmal ist er halt doch zu gebrauchen.*)

Jumbo reicht sie dem Pförtner rüber.

Pförtner: (*liest vor*) Die drei Paragfapohen...

Jumbo: Bitte?

Pförtner: ... erster Detektiv Plastikschlitten Erdnuss ...

Jumbo: Was? (*Reißt dem Pförtner die Karte aus den Händen.*) Oh Plastikschlitten, dieser Idiot ...!

Jumbo friemelt hektisch einen alten zerfledderten Zettel aus seiner Arschtasche.

Jumbo: Hier, das wird Sie überzeugen: Eine Bestätigung von Kommissar Krampfduell Weichholz.

Pförtner: (*liest*) 1 Pfund Gehacktes, 12 Schweinekoteletts ...

Jumbo reißt ihm abermals den Zettel aus den Händen und gibt ihm einen Weiteren.

Pförtner: Der Inhaber dieses Ausweises ist ehrenamtlicher Juniorassistent der Polizei in Rambo Bietsch. ... gezeichnet Kommissar ... das kann ich nicht mehr lesen. Völlig verwaschen!

Jumbo: Kommissar Samenduell Regenholz.

Pförtner: Ich kenne keinen Kommissar Regenholz.

Jumbo: Ich meine Karamell Pennstolz.

Pförtner: Wer?

Jumbo: Verflucht!

Pförtner: Nanana, nicht fluchen!

Jumbo: Verzeihen sie ... ähh ... mo...

Jumbo kramt wieder in seinen Hosentaschen rum, als Inspektor Kocker vorbeikommt.

Jumbo: Ah, Inspektor Kackreiz!
Kocker: Gibt's Probleme, Jumbo?
Jumbo: Ja! Gut, dass Sie kommen. Dieser Pförtner glaubt mir nicht, dass ich Columbo Johnssen bin und ...
Kocker: (*zum Pförtner*) Sie können es nicht wissen, aber es stimmt, was Jumbo sagt. Ich selbst verbürge mich für diesen fetten, ach quatsch, ehm, diesen netten Jungen. Lassen Sie ihm jegliche Hilfe zu kommen, die er wünscht und unterstützen Sie ihn, wo Sie nur können.
Pförtner: Geht klar, Inspektor!
Kocker: Na also! (*schaut auf seine Rolex*) Oh, ich muss los. Also, bis dann.

Kocker rennt aus dem Haupteingang. Plötzlich ein Rumpeln, ein lauter Aufschrei, Kampfgeräusche.

Kocker: Plastikschlitten, bist du jetzt völlig übergeschnappt? Lass mich hier raus!
Plastikschlitten: (*schreit*) Jumbo, Jumbo, ich hab ihn!
Jumbo: (*zum Pförtner*) Holen Sie schon mal die Liste. Ich komme sofort wieder.
Pförtner: Geht klar, Boss!

Jumbo rennt, so schnell wie die die Trägheit seiner Masse es zulässt, zusammen mit einem anderen Polizisten hinaus, wo die Kampfgeräusche herkommen und Kocker und Plastikschlitten einen erbitterten Zweikampf im Käfer austragen. Kocker versucht immer wieder die Beifahrertür zu öffnen, die Plastikschlitten geistesgegenwärtig per Zentralverriegelung geschlossen hatte. Er hält Kocker noch im Schwitzkasten, während der herangeeilte Polizist in rhythmischen Sprechchören seinen Kollegen anfeuert.

Polizist: (*im Chor*) Kocker, Kocker ...

Der wiederum versucht nun mit seinen Lackschuhen die Tür aufzutreten. Jumbo ist vom Kampfstil seines Freundes so fasziniert, dass er sich auch zu frenetischen Anfeuerungsrufen mitreißen lässt.

44

Jumbo: Plas-tik-schiss, Plas-tik-schlit-zen, Plas-tik-schei-ssen, (*zu sich selbst*) wie heißt der Idiot denn noch mal richtig?
Na, egal...Plas-tik-mob...Bohbobelbom

Jumbo fängt an zu hüpfen.

Jumbo: Wer nicht hüpft, der ist ein Kacker hey, hey!
Kocker: Lass meine Hand los!

Kocker befreit sich ein Stück aus dem Schwitzkasten und tritt nun volles Pfund vor die Beifahrertür, die daraufhin aufspringt, sich überstreckt und aus ihren Angeln fliegt. Der Polizist feiert dies schon wie ein Sieg seines Chefs, der nun wieder die Oberhand in dem ungleichen Duell gewinnt.

Jumbo: Gib auf, Schlitten!

Doch weder Plastikschlitten noch der Inspektor reagieren auf den Kampfabbruchsversuch von Jumbo. Plastikschlitten hat sich in Rage gekämpft. Die Wut über das erneute Türabreißen hat alles nur noch verstärkt. Jumbo sieht, wie Kocker seine Hände frei bekommt und zum finalen Schlag ausholt. Jumbo zieht geistesgegenwärtig das Trockentuch, das er immer zum Mundabputzen und Schweißabwischen um die Schultern trägt, mit der rechten Hand von seinem Hals und schleudert es wie in Zeitlupe (ähnlich wie bei Rocky I) Richtung Boden.

Jumbo: Naaaaaaaeeeeeeeeiiiiiiiiiiiiiiiiiiiiiiiiiinnnnnnnnnn

Noch während das Handtuch in der Luft auf seinem Weg zum Boden ist, schnellt Kockers Handkante erst in Zeitlupe, dann jedoch schnell und ohne Kompromisse mehrmals hintereinander aus sieben verschiedenen Kameraperspektiven auf den Kopf des dritten Detektivs zu. Man sieht wie der Kopf des Dritten aufplatzt und unkoordiniert und führerlos und zeitgleich mit dem Handtuch auf dem Bürgersteigpflaster zu Boden geht. Im Hintergrund steht Jumbo mit entsetzt aufgerissenen Augen und noch zum Schreien offenen Mund. Kocker klettert über Plastikschlitten, der halb im Auto und halb auf der Straße liegt, aus dem Auto, macht zu seinem Kollegen eine Handbewegung, so dass dieser den bewusstlosen Jungen aus dem Wagen zerrt und mit seinem Woakitoaki einen Krankenwagen alarmiert.

Kocker: Schafft ihn hier weg! Was ist denn mit dem los gewesen? **Jumbo**: Ich weiß auch nicht, hatte wohl einen schlechten Tag. Normalerweise lässt er die Deckung nicht so fallen. Hab ihm gesagt, er soll seine Linke mehr ins Spiel bringen. (*Jumbo streckt dem Inspektor die Hand hin.*) Aber was soll's? Glückwunsch zum Sieg.

Kocker schüttelt den Kopf und geht weiter Richtung Parkplatz. Jumbo indessen fällt der Pförtner wieder ein und geht wieder rein. Unterwegs überlegt er, was das alles mit versteckter Ermittlung zu tun hat und kommt zu dem Schluss, dass er den Auftrag für Plastikschlitten vielleicht doch zu schwammig formuliert hatte. Hinter ihm wird der vom Kampf total zerzauste und durch die Schläge vollstonedte dritte Detektiv von zwei Sanitätern auf eine Bare geworfen, aber das bekommt Jumbo nicht mit. Er sieht auch nicht, dass mittlerweile ein Abschleppdienstunternehmen den neuen VW von Plastikschlitten abschleppt, da dieser im absoluten Halteverbot steht.

Pförtner: So hier ist die Liste. Ich hoffe, du kannst damit etwas anfangen.
Jumbo: Danke, das ist großartig. (*liest*) Aha, Inspektor Kerschwein, Inspektor Koxer, Skinboy Norschiss ... wieso Skinboy Norwicks?
Pförtner: Ja, Skinboy Noxriss, er wurde um ein Uhr aufgegriffen, als er versuchte eine Samenbank zu überfallen.
Jumbo: Das sieht ihm ähnlich.
Pförtner: Dein Freund wurde gerade weggebracht und sein Auto wurde abgeschleppt. Wenn du willst, dann fahr ich dich nach Hause. Mein Name ist übrigens Harrison.
Jumbo: Eine fabelhafte Idee, Mr. Härriton.

Nach einer schweigsamen Fahrt wird der alte Dodge von Harrison hart zum Stehen gebracht.

Jumbo: So, da wären wir. Vielen Dank fürs Mitnehmen.
Harrison: Hab ich doch gern getan.

Harrison legt väterlich seine Hand auf Jumbos Knie.

Jumbo: Also dann ... hehe ...

Harrison: Ja dann ... (*glubscht Jumbo an*)
Jumbo: Machen Sie es gut, eh, hehe ...
Harrison: Du auch.
Jumbo: Also ...
Harrison: Tschüssie.

Jumbo presst die Lippen zusammen, grinst übertrieben und nickt Harrison mit einem Augenzwinkern freundlich zu.

Harrison: Wenn ihr noch mal meine Hilfe braucht ... ruft mich an. Hier, meine Karte.

Harrison steckt Jumbo eine Visitenkarte zu.

Jumbo: Oh, das sag ich auch oft. Danke. (*Härrisson nickt freundlich*) Nun ja, dann ...
Harrison: Ja gut.
Jumbo: Dann steig ich jetzt mal aus.
Harrison: Mach das!

Jumbo steigt aus und geht Richtung Schrottplatz. Da er noch kein Frühstück hatte und es mittlerweile bereits zwölf Uhr ist, trottet er zunächst zum Wohnhaus, in dem er mit seiner Mante und seinem Onkel Titte wohnt. Dort orientiert er sich direkten Weges in die Küche und frisst chronologisch von vorn nach hinten eine fette Schneise durch den Vorratsraum seiner Mante. Anschließend macht er sich, nachdem er nahtlos gleich die Mittags- und Abendmahlzeit eingenommen hatte, auf den Weg zur anderen Seite des Schrottplatzes, wo der Wohnwagen steht, der den drei Paragraphenzeichen seit je her als Zentrale dient.

Kapitel 5

Jumpussie

Gyrosbrot: Da bist du ja endlich, ich habe mir schon SORGEN gemacht. Wo ist Plastikschlitten und wer war der Mann, mit dem du heute Mittag hierhergekommen bist?

Jumbo: Das war der neue Pförtner vom Polizeirevier. Er gab mir eine Liste mit den Leuten, die sich zum Zeitpunkt des Anrufs im Polizeirevier befanden. Einer von ihnen ist unser Pisskack.

Anrufbeantworter: Hallo, wo seid ihr denn? Gibt es Euch überhaupt?

Jumbo hält inne. Es irritiert ihn, nicht unterbrochen zu werden. Auch Gyrosbrot bemerkt die angenehme Abwesenheit des allerletzten Paragraphen.

Gyrosbrot: Wo ist Plastikschlitten?

Jumbo: Er wurde halbtot geschlagen und dann ins Krankenhaus gebracht. Unwichtig.

Gyrosbrot: Stimmt eigentlich. Wer steht denn auf der Liste?

Jumbo: Kotzreiz, Inspektor Kirschbaum und Stinkheu Norway.

Gyrosbrot: Gib mal her, ich lese am besten selber: Kocker, Skinboy Noxriss, unser Erzengel? Und Inspektor Kerschwein? Kennen wir den?

Jumbo: Noch nicht, aber den werden wir schon noch kennen lernen, Flachdickflittchen.

Gyrosbrot: Ich bin Gyrosbrot!

Jumbo: Gyroskot, ja, entschuldige.

Gyrosbrot: Insgesamt sehr wenig Leute für ein komplettes Polizeirevier.

Jumbo: Stimmt genau, Fackschisspissen!

Gyrosbrot: Gyrosbrot!

Jumbo: Sorry, Gyrostot.

Gyrosbrot: Sag mal, dass du Namen an sich immer irgendwie verändert wiedergibst, daran hab ich mich ja gewöhnt. Aber nenn mich nie wieder so, wie du Plastikschlitten nennst. Das empfinde ich als Beleidigung.

Jumbo: Verzeih, ich werde drauf achten.

Gyrosbrot: Nun gut, weiter im Text: Auf der Wache war Skinboy auch?

Jumbo: Ja, er wurde verhört. Eine dieser Personen muss Schlitzkack sein. Vielleicht Skinhead unser Erzbengel, der uns einfach nur in die Irre führen will. Oder vielleicht, und das dürfen wir auch nicht mehr ausschließen ...

Gyrosbrot: (*Erleuchtung*) ... ist es Plastikschlitten?

Jumbo: Nein, Plastikschlitten.

Gyrosbrot: GÜÜÜÜÜÜÜÜÜROSSSSBROOOOOOOOOOT!

Jumbo: Hab ich doch gesagt, oder nicht? Na ja, Griechenbrot, ich meine, dass es auch Inspektor Coka-Colera gewesen sein könnte. Es gibt einige Sachen, die mich an ihm verwundern.

Gyrosbrot: Und was, bitte?

Jumbo: Warum hat er den Käfer von Plastikschnittlauch auseinandergenommen und durchsucht? Warum hat er diesen Käfer anschließend für einen völlig überhöhten Preis von zwanzig Dollar gekauft? Ich weiß nicht, was es ist, aber irgendwas stimmt mit ihm nicht.

Gyrosbrot: Du meinst, dass er ...

Anrufbeantworterstimme: Mein Freund hatte Sex mit drei Mädels aus unserer Klasse, hat er mir erzählt. Wir haben aber nur zwei Mädels in der Klasse. Hat er mich verarscht oder wurde er verarscht?

Jumbo: Ich weiß es nicht. Wir müssen alle auf dem Zettel stehenden Personen beschatten und somit herausfinden, wer zum Teufel Faustfick ist. Und vor allem müssen wir Plastikschlitzauge außer Klapse holen. Ich hab kein Bock die Drecksarbeit selbst zu übernehmen.

Gyrosbrot: Ich auch nicht.

Jumbo: Gut, dann machen wir uns an die Arbeit. Aber erst gehen wir was essen, mit leerem Magen kommt man nicht weit.

In diesem Moment fliegt die Zentralentür auf und Plastikschlitten kommt hereingestürmt.

Plastikschlitten: Hi Kollegen, da bin ich wieder!

Gyrosbrot: Mensch, Plastikschlitten, wie siehst du denn aus? Und wo sind deine Hände?

Jumbo: Ah haha, ah haha, Plastikschlitz hat eine Zwangsjacke an und lauter Kabel am Kopp. Bist du etwa direkt aus der Klapse getürmt?

Gyrosrot: Ey, Plastikschlitten, du siehst ja aus wie ein Außerirdischer. Haha.

Jumbo: Komm, wir helfen dir mal aus deinem neuen Dress und entfernen dir die Elektroden von deinem Kopf.

Gyrosbrot: Was sind denn das für Kabel?

Plastikschlitten: Die haben mich direkt in die Geschlossene gebracht und wollten mein Gehirn braten. Der eine sah aus wie ne Leiche und hatte gar keine Augen ...

Jumbo: Ist schon gut, Spastikgschissn! Hauptsache du bist wieder da und ganz der Alte. Wir wollten gerade was essen gehen. Hast du auch Hunger?

Plastikschlitten: Und wie. Soll ich schnell zum Mykonos-Grill fahren und uns was holen?

Jumbo: Moment mal, Plastikschlitten. Du hast doch gar kein Auto. Dein VW wurde doch abgeschleppt.

Plastikschlitten: Klar, ich hab bei meiner Flucht auf dem Parkplatz der Irrenanstalt son alten MG aufgeknackt. Fährt ganz gut, muss nur noch neue Nummernschilder dranschrauben.

Jumbo: Merkwürdig, du hattest doch eine Zwangsjacke an, wie hast du das denn fertiggebracht?

Plastikschlitten: Ich hab doch letzten Monat für meinen Vater ein Interview mit dem Nachkommen des legendären Houdini gemacht. Dabei hat er mir son paar Tricks verraten.

Gyrosbrot: Aber als du eben reinkamst, hattest du doch die Zwangsjacke noch an?

Plastikschlitten: Wieder, Gyrosbrot, wieder. Die Heizung in dem alten MG ist im Arsch und mir war kalt, da hab ich sie wieder angezogen, hab mit dem Kopf gelenkt und bin im Ersten hierher gefahren.

Jumbo: In mir?

Anrufbeantworterstimme: ... meine Mutter hat ihm einfach in die Hose gepackt und ...

Plastikschlitten: Im ERSTEN GANG, Hirnakrobat!

Jumbo: Ich verstehe.

Gyrosbrot: Also, was ist, können wir jetzt was essen? Mein Magen hängt mir schon bis zu den Knien und deiner, Jumb, knurrt lauter als Tatilda furzt.

Jumbo: Also jetzt r...

Plastikschlitten: Kommt Kinderlein! Streitet euch nicht! Ich fahre schnell und hole Gyros.

Jumbo: Aber mit Gyrosbrot.

Plastikschlitten: Nee, ich fahr allein.

Gyrosbrot: Ich komm mit.

Plastikschlitten: Na gut, okay.

Jumbo: Ähh ... hä?

Zwanzig Minuten später sind Gyrosbrot und Plastikschlitten wieder da und packen das Gyros auf Jumbos Schreibtisch. Der Anrufbeantworter spielt immer noch Nachrichten von der bekloppten Telefonlawine ab.

Anrufbeantworter: Sex ist das wichtigste in meinem Leben. Ohne Sex ist das Leben wie eine Leberwurst ohne Knorpel ...

Plastikschlitten: Wo ist Jumbo?

Jumbo: (*kommt gerade aus der Dunkelkammer*) Hier bin ich. Ich habe während ihr unterwegs ward, die beiden Filme entwickelt, die ihr mit der selbstauslösenden Kamera in Mante Tatildas Schlafzimmer gemacht habt. Sind gleich fertig. Hab extra beim Entwickeln nicht hingeguckt, wollte uns nicht die Spannung nehmen. Bin aber schon mächtig neugierig, was wir darauf sehen werden.

Gyrosbrot: (*tuschelt zu Plastikschlitten*) Hat bestimmt eine neue Wichsvorlage gesucht.

Jumbo: (*Mund voll Gyros*) Ach übrigens, Gyrospita! Da ist ein Brief für dich gekommen. Hier bitte.

Gyrosbrot: (*nimmt den Brief und reißt ihn auf*) Oh, von dem Preisausschreiben, an dem ich mitgemacht habe ... mal sehen ...

Anrufbeantworterstimme: Beim Duschen nach dem Fußball ist mir die blöde Seife runtergefallen und plötzlich ...

Plastikschlitten: Und? Sag schon, hast du was gewonnen?

Gyrosbrot: Hey ... ich habe tatsächlich etwas gewonnen. Eine gebrauchte Fahrertür für einen VW Käfer.

Jumbo: (*kauend*) Dachte ich es mir doch. Erst werden verlockende Gewinne versprochen, um an die Adressen unbescholtener Bürger zu kommen, und dann sparen die sich noch die Kosten für die Müllentsorgung. Ich frag Onkel Titte, ob er sie gebrauchen kann.

Plastikschlitten: Ich hab eine viel bessere Idee. Wenn du willst, kannst du meinen kaputten Beatle haben. Abholen musst du ihn dir aber schon selbst.

Gyrosbrot: Kaputten Beatle? Was soll ich denn mit John Lennon machen? Und woher hast du eigentlich die Leiche meines Lieblingsmusikers?

Plastikschlitten: Meinen kaputten Beatle! Du Penner! Den Wagen, den ich mir gekauft hab, wo jetzt die Tür fehlt!

Gyrosbrot: Ach, dein neuer Käfer! Danke Plastikschlitten. Aber ich fahr viel lieber amerikanische Wagen. Gib mir doch deinen MG und ich gebe dir meine gewonnene Tür.

Plastikschlitten: Auch gut.

Jumbo: (*rülpst und wischt sich den triefenden Mund ab*) Da wir ja jetzt wieder alle versammelt sind, sollten wir überlegen, wie wir weiter vorgehen. Griechenklöte, schau mal nach, ob die Fotos fertig sind. Plastiktitten, wir schreiben mal auf, was wir bis jetzt haben, um den Kreis der Verdächtigen einzuengen. Schließlich haben wir noch einen Fall zu lösen.

Plastikschlitten: Geht klar, Scheff. Wo fangen wir an?

Gyrosbrot: Ich geh aber erst draußen die Möhre in den Wind halten. Ich muss pissen wie ein Waldstorch.

Jumbo: Na gut, Gyros! Komm Schlitten! Hier ist die Liste von den Leuten, die im Polizeirevier waren, als von dort aus Flickflack angerufen hat. Eine dieser Person ist der Schlüssel zu unserem Fall. Aber ...

Plastikschlitten: Was ist denn, Jumb?

Jumbo: Hmmm ... schau dir mal die Liste an.

Plastikschlitten: Wieso, was ist damit?

Jumbo: Hmmm ... ich weiß nicht. – Irgendwas stört mich daran ... der Ursprung entzieht sich wirklich meiner Kenntnis.

Plastikschlitten: Du meinst, irgendwas passt nicht ins Gesamtbild, du kriegst nur nicht raus, was es ist?

Jumbo: (*zögert*) ...mja ... genau ...

Plastikschlitten: Also mir fällt nichts auf.

Jumbo: ICH HABS!

Gyrosbrot kommt in den Wohnwagen gestürzt, ohne zuvor ordentlich abgeschlackert zu haben.

Gyrosbrot: Was ist denn los? Habt ihr den Fall gelöst?

Jumbo: Nein, Griechenbrot, aber sieh doch mal. Alle Personen auf der Liste sind männlich, haben also keine Titten. Unser Verdächtiger, Pimmelschwanz Flickflach hatte aber ...

Plastikschlitten: Fistfack!

Jumbo: Ja doch, Fladenbrot, aber ich weiß jetzt, wer Fistfack ist.

Plastikschlitten: Ich bin Plastikschlitten und nicht Fladenbrot, aber jetzt sag schon, Jumb! Wie ist es? Wer ist es? Was ist es? Wer ist was wo wann? Wer ist es?

Gyrosbrot: Genau! Spann uns nicht auf die Folto!

Plastikschlitten: Hehe, Folto.

Gyrosbrot: Auf die Folter, wollt ich sagen. Jumbo, nu sag schon! Rede nicht um den heißen Brei rum. Die Zutaten kannst du dir sparen.

Anrufbeantworterstimme: Meine Mutter hat sich beim Putzen mal den Besenstiel in ihre ...

Jumbo: Härrison, der Pförtner. Dass ich da nicht gleich draufgekommen bin. Harrison hat die Liste der Anwesenden geschrieben. Einen hat er jedoch weggelassen.

Plastikschlitten: Sich selbst!

Gyrosbrot: Und er hatte jederzeit Zugang zu einem Telefon. Er ist ja der Pförtner und konnte in seinem verlausten Kabuff ungestört reden.

Plastikschlitten: Aber Harrison hat wie alle anderen ebenfalls keine Titten! Wieso meinst du, ist er es?

Jumbo: Seht mal! Das ist die Visitenkarte, die Harrison mir gegeben hat, als er mich nach Hause gefahren hat.

Gyrosbrot: Zeig mal Jumb! (*nimmt die Karte*) Hmmm ... sieht aus wie eine ganz normale Visitenkarte, nur ein bisschen besser als unsere, irgendwie nicht so billig, schön laminiert.

Plastikschlitten: Was bedeutet 'laminiert'?

Jumbo: Laminiert bedeutet 'in Klarsicht PVC eingeschweißt'. Man tut dies, um die Haltbarkeit einer Visitenkarte oder eines

Dokuments zu erhöhen und die darauf abgelegten Inhalte und Informationen zu schützen. Das Verfahren wurde 1969 von einem Studenten in Los Angeles erstmals ...

Gyrosbrot: (*gelangweilt und genervt*) Mensch Jumbo! Du brauchst uns nicht wieder einen deiner berühmten Vorträge halten. Plastikschlitten hat's kapiert.

Plastikschlitten: Äh ...

Jumbo: Okay, schon gut. Aber schaut doch mal unten links am Rand.

Plastikschlitten: (*Nimmt die Karte und hält sie sich dicht vor seine kurzsichtigen Augen*) Made by Agentur Rosa.

Gyrosbrot: Agentur Rosa? Klingt ja wie ein Puff.

Jumbo: Fast, Gyrosbrot. Ich hab im Internet die Agentur mal eingegeben und jetzt ratet mal, was ich herausgefunden habe!

Plastikschlitten: Eine Farbenvermittlung?

Jumbo: Nein! Vielmehr ist das eine Agentur, die für die verschiedensten Anlässe und Shows Künstler und Kleindarsteller vermittelt. Und zwar ausschließlich Transvestiten.

Plastikschlitten: Aber Jumbo. Nur weil der Fall zu schwer für uns ist, heißt das doch noch lange nicht, dass du das Gewerbe wechseln musst. Und ich bezweifele ganz ehrlich Jumbo, dass du als fettes Schwein überhaupt vermittelt werden kannst.

Plastikschlitten lacht sich die Lunge aus dem Leib. Auch Gyrosbrot lässt sich mitreißen und sie lachen wie die Geistesgestörten bis sie von der Couch fallen.

Anrufbeantworterstimme: Also, was blasen und so ist, weiß ich eigentlich, obwohl ich's noch nie ausprobiert habe, aber wenn ihr auch mal praktische Erfahrungen machen wollt, mit mir zusammen, vielleicht bei euch im Rollsroys ...

Jumbo: Sag mal, Plastikschlitten, bist du dir sicher, dass sie im Krankenhaus noch nicht mit der Elektroschocktherapie begonnen hatten?

Plastikschlittens und Gyrosbrots Lachen verstummt.

Anrufbeantworterstimme: Bei uns in der Straße gibt es ne Frau, die sich wie eine Nutte kleidet, aber ist sie nicht, sie nimmt nämlich kein Geld ...

Jumbo: Noch einmal für die debilen Mitglieder unseres renommierten Detektivbüros: Ich denke, dass Harrisson im Auftrag von Mistlack gehandelt hat, um uns in die Irre zuführen. Und dieser gehört unter Umständen zur Agentur Rosa. Immerhin ist er auch ein Transvestit. Warum sollte er sich also nicht auch vermitteln lassen?

Plastikschlitten: Vielleicht gehört ihm der Laden sogar.

Jumbo: Vielleicht. Plastikschlitzauge, geh du noch mal in die Bibliothek und finde alles über diese Agentur heraus. Ich werde mit Gyrosschroth zur Agentur Rosa gehen und mich dort bewerben. Ich bin sicher, dass wir dort etwas über Fistsack herausfinden werden.

Kurze Zeit später stehen Jumbo und Gyrosbrot vor einem heruntergekommenen Firmengebäude.

Gyrosbrot: Hier muss es sein.

Jumbo: Woher willst du das wissen? Ich habe dir doch gar nicht die Hausnummer gesagt, die ich im Internet ermittelt habe.

Gyrosbrot: Hast du nicht gesehen? Härrisson ist doch gerade da hineingegangen.

Jumbo: Ehrlich? Warum hast du mir das nicht eher gesagt! Dann stimmt es also, was ich vermute. Genial, wie ich doch bin.

Gyrosbrot: Nein es stimmt nicht.

Jumbo: Wie?

Gyrosbrot: Na ja, ich hab gelogen.

Jumbo: Also ist Härrisson gar nicht da reingegangen?

Gyrosbrot: Natürlich nicht. Doofe Fragen, doofe Antworten.

Jumbo: Wie? Ich fragte dich lediglich woher du wusstest, dass dies hier das richtige Gebäude ist.

Gyrosbrot: Na ja, es steht doch hier in menschengroßen Lettern an der Schaufensterscheibe: AGENTUR ROSA Ziemlich heruntergekommen. Sieh mal Jumbo! Bei dem 'R' von Rosa wurde rechts unten das Bein abgeknibbelt. Liest sich wie 'Posa', hhha!

Jumbo: Lass uns reingehen!

Gyrosbrot und Jumbo gehen hinein.
Ein Transvestit steht hinter der Kasse und kommt sofort zu den zwei Paragraphenzeichen gestürmt.

Transvestit: Ahhh, das ist genau das Richtige.

Jumbo: Wie? Wer?

Transvestit: Willst du dich etwa nicht vermitteln lassen, als Transvestit?

Jumbo: D...doch schon ... a...

Transvestit: Na super! (*klopft einem seriösen Mann, der auch im Geschäft steht, auf die Schulter*) Hier haben Sie ihre fettschwabbelige Ekelschwuchtel, die Sie haben wollen, um Ihrem verhassten Bruder den Geburtstag zu verderben. (*nimmt nun auch Jumbo in den anderen kräftigen muskulösen Arm*) Er kann sofort anfangen. Den richtigen Fummel haben wir hier. Sie können ihn sofort mitnehmen.

Seriöser Mann: Gut, dann nehm ich sie. Wie heißt du denn?

Jumbo: Jumbo ...

Gyrosbrot: (*mischt sich ins Gespräch ein und verbessert*) Jumpussie! Ich bin ihr Manager. Sie ist zu Zeit sehr gefragt, und deshalb natürlich ... Sie verstehen ...

Mann: Hören sie, Mr. ...

Gyrosbrot: Scraw, Gyrosbrot Scraw.

Mann: Mr. Scraw. Es geht darum die Geburtstagsparty meines Bruders zu versauen. Da kommt es mir auf Geld nicht an. Seid Ihr mit 10.000 Dollar einverstanden?

Gyrosbrot: Nehmse sie gleich mit, aber ich werde ihn begleiten, sie verstehen ...

Gemeinsam gehen Jumbo und Gyrosbrot mit dem dunkelgekleideten Mann zu seinem Bugatti. Sie steigen gemeinsam ein und fahren zu einem großen Haus, in dem eine sehr vornehme Party stattzufinden scheint.

Jumbo: (*zu Gyrosbrot, flüsternd*) Ich kann mich auch irren, Gyrosbrot, aber ich meine ich hätte gerade den Polizeipräsidenten von Knallifornien hineingehen sehen.

Gyrosbrot:(*flüstert zurück*) Ist das jetzt die Retourkutsche für grade?

Mann: Kommt, hier geht's rein. (*Schrittgeräusche, Türaufmachgeräusche*) Hier, Jumpussie! Du kannst dich hier in diesem Abstellraum fertig machen für deinen Auftritt.

Jumbo zieht seine Sachen aus.

Gyrosbrot: Zieh deine Unterhose auch aus, oder willst du nach deinem Strip in einer ausgeleierten Doppelfeinripp mit gelben Pissflecken da rumstehen?

Jumbo befolgt den Rat seines Freundes, der grade versucht sein Lachen über den vor Aufregung bis fast zur Unkenntlichkeit einge-schrumpelten Penis des ersten Paragraphen zu unterdrücken. Gyrosbrot wirft ihm ein viel zu kleinen Frauenstringtanga zu. Die Hoden des ersten Paragraphen quellen aus beiden Seiten hervor, als ihr Auftraggeber in den Raum kommt.

Mann: Seid ich fer... (*betrachtet Jumpussis eingequetschtes Pus-siegehänge, der an beiden Seiten herausquellende Hodensack sieht tatsächlich aus wie übergroße Schamlippen.*) Hehahahahaha das ist gut ahhhhahhhahhha das wird der absolute Knaller. Ich sag dich jetzt an, Pussie. Also, mein Bruder sitzt in der Mitte des Raumes. Er hat, damit der Überraschungseffekt für ihn größer wird, eine Papiertüte über den Kopf gestülpt. Mach ihn richtig an, lass ihn auch anfassen. Alle Gäste sind eingeweiht, nur mein Bruder nicht. Er wird denken, du wärst ne knackige Striptease Tänzerin. Also auf geht's.

Jumbo schnallt sich die Plastiktitten samt Wonderbra um, zieht das Jacobs-Sisters-Gedächtniskleid über und setzt sich die blonde, verlauste alte Langhaarperücke auf. Die 200 Gäste springen vor Begeisterung auf, als Jumpussie zu 'Touch my, Soul, Boy' in den Raum getänzelt kommt.

Jumbo: (*denkt*) Ich muss meinen Job gut und überzeugend machen. Hier kennt mich ja eh keine Sau. Ich kann mich ruhig lächer-lich machen. Ah, da sitzt der Bruder ja.

Jumbo tanzt behände um das Geburtstagskind herum, das blind-tastend in der Luft rumfummelt. Jumbo zieht sein Kleid hoch und seinen Slip ein Stück runter. Die Gäste schreien vor Begeisterung, als das Geburtstagskind den fetten Arsch von Jumpussie be-grapscht und seine Hose sich dabei auffällig wölbt. Auch bei Jum-bo bleibt das Streicheln nicht ohne Folge. Es hebt sich bei ihm der vordere Teil seines Kleides zu einem Zelt. Die Männer in den feinen Anzügen bepissen sich vor Lachen. Gyrosbrot bekommt eine ernstzunehmende Atemnot. Der Mann unter der Papiertüte scheint immer noch nichts von dem bösen Spiel mitbekommen zu haben, betastet in seiner Geilheit die täuschend echt wirkenden Plastiktitten von Jumbo, der immer noch galant vor ihm rumtänzelt. Doch als der Geburtstagsmann seiner vermeintlichen Stripperin, geil wie er ist, unter den Rock, in den Slip und an ihre vermeintlich heiße Muschi greifen will, hält er plötzlich den vor Erregung stark pulsierenden, steifen Penis des ersten Paragraphen in seinen feuchten Händen. Die Gäste grölen. Auch Jumbo ist erfreut. Zum ersten Mal berühren fremde Hände seinen 'Ersten'. Schnell reißt er dem Mann die Tüte vom Kopf, während sein Blick zu den Gästen gerichtet ist, um die Reaktionen auf seine Arbeit in vollen Zügen zu genießen. Die Gäste grölen. Jumbo genießt seinen Erfolg.

Jumbo: (*in Gedanken*) Vielleicht sollte ich doch wieder zum Fernsehen gehen.

Plötzlich hört er das Geburtstagskind schreien.

Geburtstagskind: Jumbo!?

Erschrocken, seinen richtigen Namen zu hören, dreht Jumbo sich wieder zum Geburtstagskind um.

Jumbo: INSPEKTOR KACKER! Wie ist da mögl...

Einige Gäste liegen unter den Tischen, anderen laufen die Tränen durch die vor Lachen knallroten Gesichter.

Kocker: (*immer noch verkrampft, das steife Glied des ersten Paragraphen festhaltend*) Was geht hier vor?

Jumbo ejakuliert vor Schreck. Erschrocken lässt der Inspektor los und wischt sich das Sperma aus dem Gesicht.

Kocker: Ihhhh Jumbo, beherrsch dich doch!
Jumbo: Oh, entschuldigen sie!

Die Gäste hauen vor Lachen mit den Köpfen auf den Tisch, beißen sich in den Unterarm oder in die Tischdecke, um nicht vor Lachen zu sterben. Jumbo rennt aus dem Saal, und die Gäste beginnen damit, den immer noch entsetzten Inspektor mit Essensresten zu bewerfen, um ihn noch mehr zu demütigen. Zurück in der Abstell-

kammer wartet bereits Jumbos Stellvertreter mit einem fetten Grinsen auf den Lippen.

Gyrosbrot: Nicht schlecht dein Auftritt gerade. (*kicher*) Dein filmisches Talent hat sich über all die Jahre konserviert, würde ich sagen. Ich dachte, es gäbe nichts Peinlicheres als deine Rolle damals als Stummelchen. (*klopf auf Schulter*) Du bist heute über dich hinausgewachsen.

Jumbo: Konnte ich wissen, dass ausgerechnet Inspektor Kotzer der jenige war, den es zu überraschen galt?

Gyrosbrot: Aber du hättest ihm doch dann nicht noch ins Gesicht spritzen müssen. Typisch. Gelegenheit macht Diebe.

Jumbo: Reden wir nicht mehr davon. Hätten wir doch die Finger von dem Fall gelassen und uns lieber heute die entwickelten Fotos von Tatilda angesehen und den Bildband fertiggemacht. Lass uns zurück in die Zentrale fahren, damit ich wieder auf andere Gedanken komme.

Gyrosbrot: Bis du sicher, dass du dadurch auf andere Gedanken kommst?

Jumbo: Na ja, lass uns erst mal hier verschwinden.

Gyrosbrot: Ist gut. Ich habe Töten bereits vorhin in weiser Voraussicht angerufen.

Jumbo: (*schaut ausm Fenster*) Ah, da steht er schon.

Gyrosbrot: Schon wieder? Du bist ja ein richtiger Potenzprotz.

Jumbo: Sehr witzig, Zweiter. Ich meine Töle. Komm!

Gyrosbrot: Ich jetzt auch noch? Es reicht doch, dass du grad gekommen bist ...

Jumbo zerrt Gyrosbrot aus dem Gebäude, in den Rollsroys, während Gyrosbrot weiter spottete.

Gyrosbrot: ... und dass auch noch in das Gesicht von Inspektor Kocker, du hättest ihn sehen sollen, ach hasse ja haaaa ...

Autotürknallen

Töden: Wen sehen sollen?

Jumbo: Nichts Tröte, fahren Sie zur Zentrale!

Töden: Sehrwohl, die Herrschaften, wie die Herrschaften belieben.

Gyrosbrot: 4500, 4600, 4700 ...

Auto mit 330 km/h Überholgeräusch

Gyrosbrot: (*stockt beim Zählen der 10.000 Dollar*) Was war das denn?

Jumbo: Ein Auto, und es soll mich doch der Teufel reiten, wenn das nicht Kotzreiz war. Wo der wohl so schnell hin will?

Gyrosbrot: Was ist das für ne Frage. Auf der Party wär ich auch nicht länger geblieben. Aber es muss doch nicht unbedingt Kocker gewesen sein. Ich hab von dem Auto nicht viel erkannt, so schnell wie der war.

Nach drei Liedern von Bruce Springsteen aus dem Kassettendeck des Rollz Royse.

Töden: So da wären wir.

Jumbo und **Gyrosbrot**: Hä?

Jumbo: Wie bitte, Töden? Sie sollten uns zur Zentrale bringen.

Töden: Das ist mir bekannt, die Herrschaften. Ich habe Ihre Anweisungen dann auch so befolgt, obwohl, wenn ich mir die Bemerkung erlauben darf, es mir schon ein wenig seltsam vorkam, warum die Herrschaften zu meiner Taxi- und Leihwagenzentrale wollten.

Jumbo: Oh Töten, du Vollidiot. Wir wollten zur Zentrale, zu unserer Detektivzentrale auf dem Schrottplatz. Da, wo du Pisser uns nun seit schon mehr als zwanzigtausend Fällen hinfährst, seitdem ich dich in einem bepissten Preisausschreiben gewonnen habe.

Gyrosbrot: Ham wir den nicht von einem dankbaren Klienten bekommen?

Jumbo: Das weiß ich doch nicht. Hätte auch lieber eine Kaffeemaschine gehabt. Aber so ist das nun eben und wir müssen jetzt halt den Tatbestand akzeptieren, dass wir Zeit unseres Lebens zusammenbleiben werden. Machen wir doch einfach das Beste daraus und schikanieren uns nicht gegenseitig mit Wortklaubereien. Ich hab nen beschissenen Tag hinter mir, Töden. Mach ihn nicht noch beschissener, ja?

Töden: Die Herrschaften müssen entschuldigen. Auch ich hatte einen, wenn mir das Wort erlaubt ist, beschissenen Tag hinter mir. Meine Schwester ist gestorben und meine Wohnung wurde mir gekündigt. Außerdem hat mich heute meine langjährige Lebensgefährtin verlassen und meine Schallplattensammlung mitgehen lassen.

Jumbo: Das ist mir so was von SCHEIßEGAL! Sie sind hier der Arsch der uns rumfährt und SIE ham zu funktionieren. IIIISSSSS DAAS KLAR??

Töden: Sehr wohl, der Herr. Ich bitte zu entschuldigen.

Gyrosbrot: Schon gut, Töden! Sie müssen Jumbo verstehen. Er ist gerade als Transe aufgetreten und hat dabei aus Versehen Inspektor Kocker ins Gesicht ejakuliert.

Töden: HahahaHAHAHAaHhhaAahjahAhaIHAa-aHIölaklahohohohohöhähähähähhhhhochohohohahahahahahahahaaaajessesmariahihihihih

Jumbo: Nun kriegen Sie sich mal wieder ein Töden! So lustig war es nun auch wieder nicht.

Tödenankommgeräusche

Töden: So da wären wir nun.

Gyrosbrot: Danke Töden!

Austeiggeräusche

Gyrosbrot: Wegen ihrer Freundin, Töden!

Töden: (*schnief*) Ja?

Gyrosbrot: Das war eh nur ne dumme hässliche fette Schlampe.

Töden: Danke für die tröstenden Worte, aber meine Schwester?

Gyrosbrot: Die war auch nicht besser. Außerdem hasse doch noch eine. So ne dumme Verbrecherfotze, oder? Aus eurer Familie taugt doch sowieso keiner was. Sieh dir alleine mal dich an. Was bist du schon? Ein zweitklassiger Sklave ohne Hauptschulabschluss.

Töden: Danke, jetzt geht es mir schon ein wenig besser!

Gyrosbrot: Na also, mach's gut.

Tödenwegfahrgeräusche

Jumbo: Was sollte das denn jetzt?

Gyros: Na, er war so traurig. Da braucht man jemand der einen tröstet.
Jumbo: Das ist ein Sklave, Pita, kein Mensch!
Gyrosbrot: Trotzdem!

Kapitel 6

Überfall

Gyrosbrot: Jumb!
Jumbo: Was ist?
Gyrosbrot: Die Zentralentür ist offen.
Jumbo: Ja, und es brennt Licht. Wahrscheinlich ist Plastikschlitten bereits aus der Bibliothek zurückgekehrt.
Gyrosbrot: Sieh doch, Jumbo! Aus der Tür hängt ein Arm heraus.
Jumbo: Das ist Plastikschnitzel. Schnell hin!

Hinrenngeräusche

Jumbo: Plastikkitzler, Hastikschlitzen, nein verdammt noch mal: Plastikflittchen!

Tätschelt dem dritten Detektiv auf seine rechte Wange

Gyrosbrot: Plastikschlitten, wach doch auf!
Plastikschlitten: (*stoned*) Nein, lass mich liegen, Mama! Ich geh heut nicht in die Schule. Da war ich doch eh nicht mehr, seit ich bei den drei Paragraphenzeichen bin.
Jumbo: Er hallitziuriniert.
Gyrosbrot: Was tut er?
Jumbo: Er hal... hol einen Eimer Wasser!
Gyrosbrot: Wir haben hier aber kein Wasser.
Jumbo: Dann nimm die angebrochene Cola da vom Schreibtisch!
Gyrosbrot: Welche von den dreizehn Angefangenen?
Jumbo: Bring alle her! Wir schütten sie ihm über den Kopf, dann wird er wieder klar.

Colaschüttgeräusche

Plastikschlitten: Ähhhhähhh...
Jumbo: Wir brauchen mehr.
Gyrosbrot: Wir haben nicht mehr.
Jumbo: Nimm die Einliterjumbopackung Jogurt von der Fensterbank!

Gyrosbrot: Meinst du den hier, mit dem grünen Schimmel-schwamm?

Jumbo: Ja, mach schon!

Jumbo schüttet auch diesen über den Kopf des dritten Paragraphenzeichens.

Anrufbeantworterstimme: Wegen eurer Anfrage, ob jemand etwas über Sex weiß. Ich hab ne Fimose und hab deshalb noch nicht so viel in dieser Richtung erlebt. Zunächst dachte ich, Fimose wäre die Bezeichnung für essbare Kinderknete. Es ist aber eine Vorhautverengung. Meine Mitschüler behandeln mich wie Dreck. Deswegen bring ich mich jetzt um, hab grad Papas altes Gewehr gefunden. Muss jetzt Schluss machen. (*Schussgeräusch*)

Plastikschlittens Zustand bleibt unverändert.

Jumbo: Bring die Eier, die Milch, die beiden Torten, die Gyrospitareste, den Kürbis, die Salate, den Honig, die Federn aus dem kaputten Kissen und das Altöl aus dem Kanister!

Gyrosbrot: Ich könnte auch eben zu deiner Mante Tatilda rübergehen und von dort einen Eimer Wasser besorgen.

Jumbo: Keine Umstände jetzt. Es ist doch nur Plastikschlitten.

Gyrosbrot: Stimmt auch wieder.

Gyrosbrot feuert die Essensreste ziemlich treffsicher durch die ganze Zentrale direkt auf Plastikschlittens verklebten zerschnonkelten Oberkörper und überschüttet ihn anschließend mit dem Altöl, dem Honig, und den Federn. Allmählich kommt der dritte Detektiv wieder zu Bewusstsein.

Jumbo: Plastiktitten, da bist du ja wieder.

Plastikschlitten: (*voll verklebt mit Lebensmitteln und Federn*) Wie seh ich denn aus?

Jumbo: Du wurdest niedergeschlagen und hast eine klaffende Wunde am Kopf.

Plastikschlitten: Das meine ich nicht. Ich mein die ganzen Essensreste an meinem Körper.

Jumbo: Eine schandhafte Tat ... äh ... aber jetzt erzähl Platzficksitten. Wer hat dich niedergeschlagen? Konntest du etwas sehen?

Plastikschlitten: Ihh, ist das klebrig!

Gyrosbrot: Jetzt hör doch endlich mal auf und sag, was du gesehen hast!

Plastikschlitten: Ich hab nichts gesehen, hatte meine Brille nicht auf. Außerdem hat er mich von hinten angefallen.

Jumbo: Lasst uns mal nachschauen, ob hier etwas entwendet wurde, damit wir herausfinden, welches Motiv unser Täter gehabt haben könnte.

Such, wühl

Anrufbeantworterstimme: Ich hatte mal Sex mit einem Mann, der eigentlich eine Frau war. Seitdem fühle ich mich von dem Gedanken besessen, immer mehr perverse Abenteuer zu erleben. Habt ihr nicht auch mal Bock, was zu mehreren zu machen? Meldet Euch unter Cypriss Hill 365.

Gyrosbrot: Nichts. Es ist alles noch da.

Plastikschlitten: Der Kuchen und die Colaflaschen sind weg.

Jumbo: Blasdicknutten, hast du irgendwelche Feinde, Neider, nee Neider bestimmt nicht. Hast du irgendwelche Feinde, Gläubiger oder ähnliches?

Plastikschlitten: Woher sollte ich Gläubiger haben? Ich bin doch kein Priester.

Jumbo schüttelt den Kopf und stützt ihn mit beiden Händen über der Schreibtischplatte ab. Der Anrufbeantworter spielt mittlerweile die 1034. Nachricht ab.

Anrufbeantworterstimme: Ich wollte mal bumsen, aber mein Schwanz wurde nicht steif. Da hab ich einfach den Steuerungsknüppel von meiner Spielkonsole bei meiner Freundin unten reingeschoben. Hat sie gar nicht gemerkt und zwei Orgasmen gehabt, könnt ihr ja auch mal versuchen, geht wunder...

Plastikschlitten: Den einzigen Feind, den ich habe, ist unser Erzfeind Skinboy Noxriss.

Jumbo: Das weiß ich selbst.

Aufstehgeräusche

Gyrosbrot: Ne, das bringt doch alles nichts. Ich geh mal in die Dunkelkammer. Die Bilder von Mante Tatilda müssten längst trocken sein. Dann erfahren wir wenigstens heute noch, was deine Mante so treibt, wenn wir sonst schon nicht weiterkommen.

Gyrosbrot geht rein, stürmt sofort wieder raus.

Gyrosbrot: Das gibt's doch nicht!
Jumbo: Was ist denn Gyrosschlot?
Gyrosbrot: Die Bilder!
Jumbo: Was ist mit den Bildern?
Gyrosbrot: Sie sind weg!

Dramatische Musik

Kapitel 7

Des Rätsels Lösung

Die drei Paragraphenzeichen sitzen, nachdem Plastikschlitten alles saubergemacht und gewischt hatte, in ihrer Zentrale. Noch nie sind sie so ratlos gewesen. Selbst Jumbo, der bekanntlich nur selten den Überblick verliert, knetet gedankenverloren an seinem Sack - ein sicheres Zeichen dafür, dass er angestrengt nachdenkt.

Jumbo: Kollegen, es fällt mir zwar schwer, aber ich muss zugeben, dass ich diesmal nicht den Funken einer Idee habe, wie wir den Fall vorantreiben sollen.

Gyrosbrot: Hm, das wäre dann also der erste Fall, den die drei Paragraphenzeichen nicht lösen. Aber da habe ich auch gar nichts gegen einzuwenden. Der Fall ist einfach eine Nummer zu groß für uns und ich habe nach allem was passiert ist, keine Lust mein Leben aufs Spiel zu setzen. Sieh dir doch unseren Letzten an. Sein Kopf blutet immer noch. Mensch Jumbo, merkst du denn nicht? Man wollte ihn umbringen! Plastikschlitten hat 28 Folgen lang die Hiewiarbeit gemacht, die Zentrale geputzt und als einziger ein deutsches Auto. Mir reicht es, ich steig aus. Ich will noch nicht sterben. Und außerdem, wer sagt eigentlich, dass wir einen Fall haben? Wir haben ja noch nicht mal einen Auftraggeber. Ich hör auf jeden Fall auf und such mir nen Job, wo ich wenigstens Geld verdiene.

Jumbo: Ach, Griechenbrotflasche, du spielst dich doch nur auf. In Wirklichkeit hast du nicht mehr Angst als wir alle. Und einen Job in der echten Welt kriegst du ja doch nicht. Du hast zwar ne Freundin, aber keine Freunde und noch nie gefickt. Du hast kein Schulabschluss, keine Bleibe, kein Talent und keine Selbstachtung. Keine gute Basis für Alternativen. Und einen Auftraggeber brauchen wir gar nicht – ist dieses Rätzel nicht schon Herausforderung genug?

Gyrosbrot: Was haben denn deine zusammengewachsenen Augenbrauen damit zu tun?

Plastikschlitten: (*immer noch aus dem Kopf blutend und ganz riefelige Hände vom Putzen*) Ja, es fängt gerade an, mir richtig Spaß zu machen.

Gyrosbrot: (*zögert*) Na gut, wenn ihr meint ... (*entschlossen*) Ich bin dabei!

Jumbo: Na also.

AOL: Sie haben Post!

Gyrosbrot: Mensch Jumb, wir haben eine eMail bekommen.

Jumbo: Ich schau mal nach.

Plastikschlitten: Ich schalte den Verstärker ein, Jumb.

Stille

Anrufbeantworterstimme: Ich bin schwul und das ist auch gut so. Wenn ihr wissen wollt, wie das so ist, kommt doch einfach mal bei mir.

Jumbo: Plastikschlitten, vielleicht solltest du mal für zwei oder drei Folgen Pause machen.

Plastikschlitten: (*senkt den Blick zum Fußboden*) Ist mir nur so rausgerutscht.

Ultra übertriebene Tastatur-Hack-Geräusche

Jumbo: Ahh, ich hab die eMail runtergeladen ... mal sehen ... ja.

Gyrosbrot: Und? Lies vor, Jumb!

Jumbo: Hört zu Kollegen: (*liest mit Finger am Monitor*)

> *Ein Haus am mehr, 6 mag er sehr, Haar wie Kanter,*
> *auf der Spur irgendwie, doch ihr findet mich nie,*
> *lange ist her, operiert wie Chair,*
> *liebe Grüße an Bob!*

Plastikschlitten: Von wem ist die Ihhhmail?

Jumbo: Der Absender heißt ... Sadoman@fistfack.com.

Plastikschlitten: So ein Zufall. Die eMail-Adresse beinhaltet denselben Namen, wie der Mann, den wir nun schon seit Wochen suchen. Ich hätte nicht gedacht, dass es den Namen so häufig auf der Welt gibt.

Jumbo: Gyroskot, gib Tschaschliktitten doch bitte mal ne Plastiktüte zum Spielen. Vielleicht erstickt er ja dran.

Plastikschlitten: Hä? Also ich versteh gar nichts mehr.

Jumbo: Fistknack will uns eine ...

Plastikschlitten: Wer zum Teufel ist den jetzt Fistknack schon wieder?

Jumbo: (*schreit*) Jääääääääätz halt doch mal deine Schnaaaaaaaaauze! Plastikgeschisse, du recherchierst jetzt wo Härrisson seinen festen Wohnort hat und observierst ihn. Ich und Griechentot versuchen dann in aller Ruhe diesen rätselhaften Text zu entschlüsseln.

Plastikschlitten geht beleidigt aus der Zentrale. Jumbo und Gyrosbrot hören, wie ein altes Auto gegen ein geschlossenes Schrottplatztor fährt. Sie hören, wie ein Motor abgewürgt wird und ein junger Mann ,Scheiße, ich bin so blöd, hoffentlich hat Jumbo nichts gehört!' schreit. Dann hören sie, wie jemand aussteigt, vor sein beschädigtes Auto tritt, ein Tor mit einem Schlüssel öffnet und mit quietschendem Keilriemen durchfährt.

Jumbo: Endlich! Er ist weg. Der ist ja lästiger als ein Schwarm von Scheißhausfliegen.

Gyrosbrot: Ja, und überflüssiger als ein Kropf.

Jumbo: Intelligent wie ein Meter Feldweg.

Gyrosbrot: Dämlich wie ein gehirnamputierter Zwergpudel.

Jumbo: Kein Wunder, dass er damals von seinen Mitschülern in der minderbegabten Klasse der Beklopptenschule noch Doofmann genannt wurde.

Gyrosbrot: Stimmt, ich hab ihn auch immer so genannt.

Jumbo: Na gut, dann wollen wir mal. In der ersten Zeile steht: *Ein Haus am mehr, 6 mag er sehr.*

Gyrosbrot: Was könnte er damit meinen?

Jumbo: Vermutlich will Fistfack uns vorführen. Er glaubt nicht, dass wir ihm gewachsen sind. Er glaubt vielmehr, dass wir aufgeben und will uns eine Hilfestellung geben, um uns zu verhöhnen.

Gyrosbrot: Dieses Arschloch!

Jumbo: Verdammte Scheiße noch mal, ich hab dir gesagt, du sollst keine Kraftausdrücke benutzen, du blöder Wichser!

Gyrosbrot: Jumbo?

Jumbo: War nur ein Spaß, griechische Schweinefleischbrottasche.

Anrufbeantworterstimme: Ich hab mal mit ner Nutte gebumst ...

Gyrosbrottasche: Ich kann mich irgendwie überhaupt nicht richtig konzentrieren, wenn dieser Anrufbeantworter die ganze Zeit läuft.

Jumbo: Ist ja bald durch. Noch 907 Nachrichten. Also, ich denke, dass Fistfack uns unterschätzt und sein Rätsel ist nun wirklich leicht zu durchschauen.

Gyrosbrot: Ach ja? Ist mir noch gar nicht aufgefallen.

Jumbo: Ein Haus, Gyrosbrot. Woraus ist das gebaut?

Gyrosbrot: Aus Stein.

Jumbo: Völlig richtig.

Gyrosbrot: Ja und?

Jumbo: Was und?

Gyrosbrot: Ja was willst du mir damit sagen?

Jumbo: Nichts.

Anrufbeantworterstimme: ... dann hat sie mir die Hose ausge...

Gyrosbrot: Also dann lass mich mal versuchen: *Haus* bedeutet *Heim, Wärme* oder *Geborgenheit*. Das Wort *mehr* bedeutet *viel*, also *viel Geborgenheit.*

Jumbo: Die Zahl *sechs* bedeutet *Sex*, also *Liebe*, *mag er* bedeutet *mager*, also *schlank*. Er liebt schlanke Menschen. *Haar* bedeutet in diesem Fall den Buchstaben *H*. *H wie Kanter*. Da in *Kanter* kein *H* drin ist, wird der erste Buchstabe *K* durch das *H* ersetzt, also *Hanter*. *Hunter* bedeutet *Jäger*, jemand, der einen anderen verfolgt, also *wir*. *Wir* sind ihm auf der Spur und finden ihn nicht.

Lange ist her, bedeutet *lang sind die Haare*, *her* wie *hair*,

Gyrosbrot: Und *operiert*?

Jumbo: ... heißt *Opa irrt*, ja, *der Opa irrt*. Der *Opa* ist *Alfknet Hitschkotze*, der *irrt*, weil er sowieso schon total verwirrt ist.

Gyrosbrot: *Wie Chair*? Bedeutet *chair* nicht *Stuhl*?

Jumbo: Ganz recht, Gyroskot, und *Stuhl* ist ein anderes Wort für *Kot*, also *Kacke*. *Hirschkotze ist Kacke*!

Gyrosbrot: *Liebe Grüße an Bob* heißt ...?

Jumbo: Ist doch ganz einfach, Griechenbrot.
Das *L* von *Liebe* ist der zwölfte Buchstabe des Alphabets *i* und *e* sind *Vokale*, *be* ist das *B*. *B* wie *Birnen* also *Köpfe*.

Gyrosbrot: *Grüße*?

Jumbo: Wann grüßt man, Gyrosbrottasche?

Gyrosbrot: Wenn man hereinkommt.

Jumbo: genau ... *hineingehen* ... also, *wo kahle Köpfe hineinge-hen.*

Gyrosbrot: ... und was bedeutet dann *an Bob*?

Jumbo: *a n b*, das ist die Abkürzung für *Angeles National Beach* und *ob* von *B ob* ist ein Gebrauchsgegenstand, den Frauen gebrauchen, wenn sie ihren Monatszyklus haben, also ihre *Tage*.

Gyrosbrot: *Tage* ... genau Jumb.

Jumbo: Fassen wir zusammen: *Viel Geborgenheit, liebt schlanke Menschen, wir sind ihm auf der Spur und finden ihn nicht. Lang sind die Haare, Alfknet Hirschkoks ist verwirrt und Kacke.* Aber was ist mit: *Zwölf, wo kahle Köpfe hineingehen, Angeles National Beach* und *Tage*?

Gyrosbrot: Hm, *wo kahle Köpfe hineingehen.* Zum Friseur bestimmt nicht!

Jumbo: Hm ... Aber natürlich, wir Idioten. *Kahle Köpfe* haben alte Menschen und be*tagte* Menschen und die gehen ins Altenheim.

Gyrosbrot: Ja richtig, das Altenheim, das direkt am *Angeles National Beach* steht, in dem auch Hitschkoks wohnt.

Jumbo: Richtig Zweiter, in der 12. Strasse in Los Angeles.

Gyrosbrot: Jumbo, du bist ein Genie!

Jumbo: Danke, Gammelfleischbrot. Ich versuche lediglich meine mir angeborene Intelligenz durch permanentes Üben zur völligen Entfaltung zu bringen.

Gyrosbrot: Na ja ... worauf warten wir noch?

Jumbo zieht seinen alten Parker an, den Onkel Titte früher in seiner Zeit beim Zirkus dazu benutzt hatte, die Affenkacke von der Manege zu wischen. Gyrosbrot greift grad nach seinem roten Nerzmantel, als plötzlich das Telefon klingelt.

Kapitel 8

Eine berühmte Leiche

Jumbo: Ich geh dran ... Ja, Jum ... (*Pause*) (*fast hysterisch*) Was, wie bitte? Ja danke, wir wollten sowieso grade hin.

Stille

Anrufbeantworterstimme: Hallo Jungs, ich will auch mal Nutte werden, brauche noch ein paar Sparringpartner zum Üben, wie wär's?

Jumbo legt den Hörer gedankenverloren wieder weg, merkt nicht, dass er ihn anstatt auf die Gabel, auf ein altes Gyrospita legt. Sein Gesicht wird blass, wie der verbeulte Arsch seiner Mante. Seine Augen erstarren.

Gyrosbrot: Jumbo ... was ist los ... nun rede schon.
Jumbo: (*immer noch sprachlos*) Das war Inspektor Kackreiz.
Gyrosbrot: Ja und ... was hat er gesagt?
Jumbo: Alfred Hirschkotze ...
Gyrosbrot: Nun rede schon, was ist mit Hitschkoks?
Anrufbeantworterstimme: Braucht man auch ein Set Dildos für so was? Naja, ich werd mich mal rumhuren hihi ...
Jumbo: Er wurde totgefickt.

Dramatische Musik

Autofahrgeräusche

Jumbo: 12. Straße Angeles National Beach, wir sind da, Lünch-mordten.
Töden: Sehrwohl, die Herren.

Rollz-Roiß Anhaltegeräusche

Gyrosbrot: (*staunt*) Mann, was für ein Aufgebot. Die ganze Straße ist voll mit Polizeiautos und Krankenwagen.
Jumbo: Ah, da ist ja Inspektor Kackschwein, kommt wir gehen hin.

Kocker: Hallo ihr beiden.

Jumbo: Hallo, äh, Inspektor.

Kocker: Schon gut, Jumbo, lass uns nicht drüber reden. Wir wollen es vergessen.

Jumbo: Na gut. Wie geht es Mr. Kirschfotze?

Kocker: Nun, sein Zustand ist stabil, da er sich nicht mehr ändern lässt.

Gyrosbrot: Hat man die Todesursache schon festgestellt?

Kocker: Die Männer von der Spurensicherung sind gerade fertig geworden. Sie haben das Geschehen rekonstruiert.

Jumbo: Erzählen Sie! Was ist geschehen?

Kocker: Der Täter ist durch das Kellerfenster eingedrungen, hat den alten Mr. Hitschkoks beim Nickerchen auf der Couch überrascht und mit einem stumpfen Gegenstand seine Hirse buchstäblich zu Brei geklopft. Gehirnmasse und Schädelsplitter sind sogar bis zur Decke gespritzt. Dann hat er ihm volles Rohr in den Arsch gefickt. Anschließend hat er ihn mit einer Kettensäge in tausend Stücke zerfetzt und alles mit einem riesigen Vorschlaghammer wie Püree zu Brei gestampft. Der Täter hat gewütet wie ein Berserker. Mr. Hitschkoks ist sozusagen in der ganzen Wohnung verteilt, das muss echt ein Wahnsinniger gewesen sein.

Gyrosbrot: Wenn Mr. Hitschkoks so zermatscht worden ist, woher wissen Sie dann, dass der Täter ihm in den Arsch gefickt hat?

Kocker: Wir haben sein Arschloch in der Küche gefunden. Das einzige, was von ihm in einem Stück geblieben ist. Es war zwar völlig zerfranst, aber das vollgewichste Kondom steckte noch drin.

Jumbo: (*laut*) Mr. Ketzer, wenn es sich wirklich so zugetragen hat, wie können Sie dann sicher sein, dass es wirklich Mr. Hirschkotze ist, der hier geschlachtet wurde?

Kocker: Äh, nun ... Jumbo, wer soll es sonst sein? Es fehlt sonst niemand.

Jumbo: Aha, und wurden noch weitere Spuren gesichert?

Kocker: Ja! Der Plattenspieler lief volle Pulle und war auf endlos eingeschaltet. Es war eine Platte von den *Red Bojis* eingelegt. Mr. Hitschkoks hörte aber ausschließlich so ne psychedelische Scheiße. Und noch was: Auf einem Haufen Gedärmematsch lag dieses Foto. Mit ein Grund, warum ich euch angerufen habe. Vielleicht könnt ihr etwas damit anfangen ... (*nestelt an seinem Jackett rum*) ... ah, da ist es ja. Hier Jumbo.

Gyrosbrot: Lass mal sehen, Jumb!

Jumbo und Gyrosbrot starren auf das Foto.

Gyrosbrot: Was ist das denn? Ein riesiger ultrafetter Frauenschwabbelarsch. Boah ist mir schlecht, ich glaub, ich muss kotzen. Das ist ja das ekelhafteste, was ich je gesehen habe.

Kocker: Ja, Gyrosbrot, und die Frau beugt sich nach vorn, so dass ihr Monsterarsch den halben Raum ausfüllt, wahrscheinlich ein Schlafzimmer. Das im Hintergrund sieht aus wie ein Ehebett.

Gyrosbrot: Ooöähh und diese Eitersäcke und die ranzigen Fettüberlappungen und ... hoppla! Sieh doch mal, Jumbo, hier oben.

Jumbo: (*kreidebleich, die Augen fallen fast aus dem Kopf, Schweiß auf der Stirn*) Äh ... sieht aus wie ne Tätowierung!

Gyrosbrot: (*eifrig*) Das sieht aus wie Initialen, wie ein *T* und ein *J*.

Jumbo: (*schwankend*) Wir müssen sofort in die Zentrale, komm, lass uns schnell verschwinden!

Kocker: Was ist los, Jumbo? Hast du etwas entdeckt?

Jumbo: Nnnn...nein ... äh, i...ich hab vergessen das Bügeleisen in der Zentrale auszustöpseln. Und ich muss ... äh ... den Kühlschrank abtauen!

Gyrosbrot: Sag mal, spinnst du?

Jumbo: Frag nicht lang! Komm, Griechenbrot! Es ist ernst. Schnell zum Rolls Roiß. Vorsätzlichertotschlagton wartet schon.

Kocker: Aber, das Foto ...

Jumbo schleift Griechenbrot zum Rolliross, schmeißt ihn auf die Rückbank und hechtet auf den Beifahrersitz.

Jumbo: Los Tötn! Bringen sie uns zur Zentrale UND ZWAR DIE AUF UNSEREM SCHROTTPLATZ! ABER ZACKIG!

Reifentotaldurchdrehgeräusche und Verbranntesgummigestank

Gyrosbrot: (*rappelt sich hinten auf*) Jumbo, bist du jetzt total übergeschnappt?

Jumbo: (*heult und verliert die Fassung*) Mensch, Griechenkot! Das Foto! Der Arsch! Dieser riesige Riesenarsch! Fällt dir dazu denn gar nichts ein?

Gyrosbrot: Also hör mal, Jumbo! Ich versteh langsam gar ni... (*aha Effekt*) Moment! Mensch, Jumbo! Du meinst doch wohl nicht etwa ...

Jumbo: Und die Initialen: T. J.?

Gyrosbrot: (*hats begriffen*) Titte Johnssen! Aber ...

Jumbo: Ja doch, der Arsch auf dem Foto gehört Mante Tatilda!

Gyrosbrot: (*heiser*) Eins von den Bildern, die aus unserer Dunkelkammer verschwunden sind!

Bremsen und Reifenquietschen

Töden: Herrschaften, wir sind am Ziel.

Stille, nur das Motorgeräusch

Jumbo: (*hat die Fassung zurückerlangt, ganz der alte*) Totschlagen, wie war das noch mal mit Ihrer Bumsnudel?

Töden: Wie meinen?

Jumbo: Na ihr Fickverhältnis, das Ihnen mit ihrer Plattensammlung abhandengekommen ist. Was waren das denn für Platten?

Töden: Nun, um genau zu sein, waren es nur zwei Platten. Ich hab sie jahrelang gesammelt.

Jumbo: Ja doch! Aber was waren es für Interpreten?

Töden: Nun, junger Mann, die eine war vom **Erfolgsduo Hagen**, einer sehr diffizilen Band aus Übersee und die andere war ...

Jumbo: (*fällt ihm ins Wort*) ... etwa von den *Red Bojis*?

Töden: Erstaunlich! Ich habe nie von meiner Plattensammlung erzählt. Aber es ist korrekt, sie war von den *Red Bojis*.

Jumbo: Das reicht mir, komm Griechenbrot!

Jumbo und Gyrosbrot steigen aus und Töden fährt los. Gyrosbrot klopft zum Abschied aufs Autodach.

Jumbo: (*auf dem Weg zur Zentrale*) So langsam sehe ich klar. Die Puzzleteile fügen sich mehr und mehr zusammen.

Gyrosbrot: Wie meinst du das, Jumbo?

Jumbo: Ich glaube, ich weiß wer in Mr. Hirschfotzens Wohnung zu Hitschebrei gehackt worden ist.

Gyrosbrot: Du meinst, Mr. Hitschkoks ist gar nicht tot?

Jumbo: Genau das meine ich.

Gyrosbrot: Also jetzt verstehe ich gar nichts mehr.

Jumbo: Griechenbrot, erinnerst du dich noch an El Rückwärtseinparker?

Gyrosbrot: Du meinst den Musikproduzenten aus unserem verrückten Fall mit dem Woodogedöns?

Jumbo: Genau! Da hatten wir es auch mit einer Frau zu tun, die gar keine war.

Gyrosbrot: Und was hat das mit unserem Fall zu tun?

Jumbo: Nun, ich würde sagen, da will sich jemand an uns rächen und treibt die ganze Zeit sein Spiel mit uns. Lass uns in der Zentrale auf Schaschliktitten warten. Dann erkläre ich es euch beiden Hirnis.

Gyrosbrot: Hör zu Jumbo! Nicht böse sein, aber es ist mittlerweile vier Uhr morgens. Nicht das meine Eltern mich überhaupt noch vermissen würden, aber ich könnte ne Mütze Schlaf vertragen und aufs Scheißhaus müsste ich auch so langsam mal. Wir treffen uns morgen früh.

Jumbo: Na gut! Hast Recht. Dann bestell ich mir noch zwei oder drei Familienpizzen und hau mich auch ne Stunde aufs Ohr. Bis morgen!

Am nächsten Morgen warten die beiden ersten Detektive bereits seit einiger Zeit auf ihren Dritten, als endlich aus dem grünen Eingang ein Rumpeln und Gestöhn zu hören ist.

Plastikschlitten: Hay Jungs, ich hab den Wohnort von Härrisson herausgefunden. Er wohnt 12. Straße National Angeles Beach.

Jumbo: Das interessiert jetzt nicht. (*dreht sich plötzlich zu Plastikschlitten um*) Was erzählst du da?

Plastikschlitten: Hay, Jungs ...? Wieso?

Gyrosbrot: Wo wohnt Härrisson?

Plastikschlitten: In der 12. Straße am National Angeles Beach.

Gyrosbrot: Oh mein Gott. Das ist doch beim Altenheim, wo Hitschkoks einem grausamen Verbrechen zum Opfer gefallen ist.

Plastikschlitten: Was für ein Verbrechen?

Jumbo: Er wurde auf kaltblütige Weise getötet und sein alter Körper geschändet. Ist jetzt nicht so wichtig. Erzähl lieber woher du die Adresse weißt!

Plastikschlitten: Von Mante Tatilda.

Jumbo: Mante Tatilda! Ich hab es mir gedacht. Kommilitonen, ich befürchte, dass unsere Mante ...

Gyrosbrot: DEINE Mante, Jumb!

Jumbo: Dass ... äh ... ähm ... meine Man...meine Ma... dass die Frau meines Onkels ... in einen Strudel von Sex, Gewalt und Delinquenz geraten ist.

Plastikschlitten: Delinquenz? Ist das nicht diese leckere spanische Pfeffersoße?

Jumbo: Strafffälligkeit, Rennschlitten! Warum sollte sie sonst einen höchst verdächtigen Menschen wie Härrisson kennen?

Plastikschlitten: Naja, vielleicht kennt sie ihn gar nicht.

Jumbo: Ach, Plastikschlitten! (*winkt ab*) Woher soll sie denn sonst wissen wo Härrisson wohnt? DU NERVST PLASTIKSCHEISSHAUFEN!

Jumbo wird rasend, packt Plastikschlitten am Kragen seines glatt gebügelten Flanellhemds, zieht ihn hoch und schüttelt ihn in der Luft.

Jumbo: Komm, dann sag mir doch woher Tatilda die Adresse wissen soll, du Stümper, unfähig zu kombinieren. Dilettantismus hasse ich wie die Pest. Sag jetzt woher Tatilda sonst wissen könnte, wo Härrisson wohnt, wenn sie ihn nicht kennen würde, Kackauge?

Plastikschlitten: hhhrrgg (*keine Luft krieg*) aaää ää fd Telefonbuch!

Anrufbeantworter: Hallo? Hallo! Johnssen? Johnssen Junior!

Jumbo lässt den mächtigen Arm, an dem sein kleiner schmaler Hilfsdetektiv wie eine frisch gefangene Forelle zappelt, langsam und behutsam sinken.

Jumbo: (*kleinlaut*) Ach so.

Gyrosbrot: (*greift ein*) Jumbo, bist du total übergeschnappt?

Jumbo: Tut mir leid, BobäähhPlastikschlitten.

Jumbo lässt sich in seinen weich gepolsterten Sessel fallen.

Plastikschlitten: NICHT!!!!
Jumbo: AAHHHHHHHHHHHHHHHHHHHHHHHHHHHH!

Jumbo springt schreiend wieder auf und hat festes Metall im Rücken.

Plastikschlitten: Oh, Jumbo, hast du nicht gesehen, dass ich meine Fahrradzahnritzelsammlung dort aufgestellt hatte?
Jumbo: Auuaahhh, was soll denn noch alles geschehen, schlimmer kann es doch gar nicht mehr werden.

Wieder mal klingelt das Telefon.

Gyrosbrot: Ich geh rann ... Ja, hier Gyrosbrot Scraw ... der ist grad nicht zu sprechen ... ja sag ich ihm.
Jumbo: Wer war das?

Plastikschlitten zieht ihm grade das letzte Ritzel aus dem Rücken.

Jumbo: Ahhhhhhhhhhhhh! Schön zart!
Gyrosbrot: Das war dein Schuldirektor. Er hat dich von der Schule geworfen, murmelte was von 30.000 Fehlstunden in den letzten fünf Jahren.
Jumbo: Auch das noch! Jetzt bin ich am Ende. Jetzt kann es wirklich nicht mehr schlimmer kommen.
Plastikschlitten: Hey! Hier liegt ein ungeöffneter Brief vom Straßenverkehrsamt.
Jumbo: Mach auf! Sag was steht drin?
Plastikschlitten: Die Zentrale muss zum Tüv.
Jumbo: Scheiße, jetzt wird's nimmer schlimmer.

Kapitel 9

Verarscht

Auf einmal klopft es an der Wohnwagnertür.

Tatilda: Jumbo? Ich bin's, wollte dir nur sagen, dass der Kühlschrank alle ist.

Jumbo: (*reißt die Tür auf*) Was stehst du denn plötzlich hier, wie aus dem Boden gewachsen? Tatilda, komm bitte mal rein! Wir müssen mal ein ernstes Wörtchen mit dir sprechen.

Tatilda: Mit mir? Was könnte ich euch schon erzählen?

Jumbo: Einiges. Zum Beispiel, warum du uns belauschst und wo du grade hier bist: Gibt es irgendetwas aus deinem Privatleben, was ich besser nicht wissen sollte?

Tatilda: Aber Jumbo, natürlich nicht.

Jumbo: Wir haben heimlich Fotos von dir gemacht, die uns gestohlen wurden. Eines haben wir auf Umwegen zurückerhalten. Möglicherweise willst du uns was verheimlichen. (*zeigt das Foto*) Ist das dein Arsch?

Tatilda: Das? Mein Arsch? Woher wollt ihr das wissen? Es könnte doch jedem sein Arsch sein. Es ist doch ein Arsch wie jeder andere.

Gyrosbrot: Mrs. Johnssen, ohne ihnen zu nahe treten zu wollen, aber so einen Arsch hat gewiss nicht jeder. Erst recht nicht mit den Initialen *T. J.*!

Plastikschlitten: Außerdem stimmt der leuchtende Knüppeldildo, der in dem Arsch der Frau auf dem Bild steckt, mit dem überein, den ich heute morgen in ihrem Nachtschränkchen fand, während sie im Telefonbuch wegen Härisson nachschauten.

Jumbo: (*verwundert*) Genialer Schachzug, Plastikschimmel! Bin immer mal wieder erstaunt über die Qualität deiner aufdeckenden Ermittlungsarbeit.

Plastikschlitten: Was?

Jumbo: Tja, Mante Tatilda, ich glaube, du bist uns eine Erklärung schuldig.

Tatilda: Na gut! Ich kann es wohl nicht länger verheimlichen. Ihr müsst mir aber absolute Diskretion garantieren.

Jumbo: Wir sind darauf spezialisiert, auch besonders brisante Fälle zu klären. Die persönlichen und intimen Verhältnisse unserer Mandanten werden ausschließlich zur Aufklärung unserer Fälle benötigt und werden nicht an Dritte weitergegeben.

Plastikschlitten: Wieso darf ich denn die Info nicht bekommen?

Jumbo: Was?

Plastikschlitten: Hier Mrs. Johnssen, unsere Karte.

Plastikschlitten zückt eine seiner selbst gemachten Visitenkarten aus seiner Arschtasche. Doch Jumbo kloppt ihm mit voller Wucht mit einem Fahrradritzel, dass er seit dem Unfall in der Hand hatte, auf Plastikschlittens ausgestreckte Hand, so dass die Karte ihr Ziel nicht mehr erreicht, sondern mit Blut und Knochensplittern zu Boden geht. Ein gellender Schrei zerreißt die harmonische Stimmung in ganz Rambo Beach. Jumbo kichert kurz, wendet sich dann aber wieder Mante Tatilda zu.

Jumbo: Also?

Tatilda: Na ja, ich ... ich hab ein Verhältnis mit Härrisson. Ich bin da nicht besonders stolz drauf, aber ich bin siebenmal hintereinander gekommen, als er mich als Hund verkleidet von hinten nahm und mich gleichzeitig mit der Pferdepeitsche, Jumbo, du kennst doch noch die lange Peitsche, die Titte noch aus seiner Zeit beim Zirkus hatte, die lange Peitsche für die Tigerdressur. Na ja, auf jeden Fall hat er seinen steifen, festen, vor Erregung pulsierenden Schw...

Jumbo: Ich glaube, so genau müssen wir das nicht wissen.

Plastikschlitten reißt sich indes den rechten Ärmel seines Hemdes ab, um damit seine blutende Hand zu verbinden. Das hatte er mal in einem Rambofilm gesehen.

Tatilda: Unterbrich mich nicht, Jumbo! Als ich dann vor ihm knien musste und er mich dann, nackt wie ich war, von oben bis unten mit seiner heißen Sahne vollsp...

Jumbo: Tatilda, ich glaub, das ist jetzt erst einmal genug.

Tatilda: Genug? Es kam noch viel besser. Als ich auf dem Bett lag, er sich auf mich hockte und ganz feste anfing zu drücken bis sein Darm sich auf meinem Bauch entle...

Jumbo: Tatilda, es sind noch unerfahrene pubertätsgebeutelte Kinder unter uns, die durch solche Gespräche in ihrer Entwicklung gestört werden könnten.

Jumbo blickt zu Gyrosbrot rüber. Der hat seine linke Hand in der Hose und saugt jedes Wort von den Lippen Tatildas und verwandelt alles in Speichel, der ihm rechts und links aus dem Mund trieft.

Tatilda: Na ja, ich hörte dann zufällig, über die Schrottplatzlautsprecher, dass Gyrosbrot und Plastikschlitten über die Nacht mit Zeitschaltuhr Fotos von mir gemacht haben. Ausgerechnet in der Nacht, in der Härrisson bei mir war und mich liebte.

Plastikschlitten: (*zeichnet zwei Gänsefüßchen in die Luft während er grinsend tonlos wiederholte*) Liebte!

Tatilda: Jedenfalls hörte ich, dass die Fotos automatisch ausgelöst wurden und noch niemand wusste, was dort zu sehen war, und die Fotos noch nicht entwickelt waren. Ich rief Inspektor Kocker an und bat ihn, euch einen schwierigen Fall zu übergeben, der euch so lange ablenkt, bis ich die Filme an mich gebracht hab. Er sagte dies zu und versprach, dass er sich auch um die Filme kümmern wolle.

Jumbo: Deshalb durchwühlte er damals Plastikschlittens Käfer, als wir am Kackschweinhotel Plastikschlitten retten mussten.

Gyrosbrot: Und da er in der Schnelle die Fotos nicht fand, obwohl er genau wusste, dass sie da drin sein mussten, da Plastikschlitten seine 5.000 Dollar Kamera und die Filme grundsätzlich im Wagen lässt, weil Einbrecher sie da am wenigsten vermuten, hat er Plastikschlitten den inzwischen kaputten Käfer für teures Geld abgekauft.

Jumbo: Genau, Virusschlot! Aber zu der Zeit waren die Filme und die Kamera natürlich nicht mehr drinne.

Tatilda: Drin!

Plastikschlitten: Ich hab alles, was in dem Wagen war, in einen Karton gepackt und in die Zentrale gebracht. Stimmt's, Jumbo?

Jumbo: Genau, Plastikasi! Wo ich dann begann sie mit verbundenen Augen zu entwickeln, wegen der Spannung. Doch erneut wurden wir vom Ansehen der Fotos abgelenkt.

Gyrosbrot: Und als Plastikschlitten alleine in der Zentrale war und im Begriff war sich die entwickelten Fotos anzusehen ...

Plastikschlitten: ... da wurde ich niedergeschlagen ... aua ...

Jumbo: Genau Plastik ... ähhh...

Plastikschlitten: ... und dann auch noch mit Cola, Girosresten, Getriebeöl und Federn überschüttet.

Jumbo: Naja, das ist doch jetzt nicht so wichtig, Plastkschlonz-schlinz.

Tatilda: Damit hatte ich nichts zu tun.

Jumbo: Und Inspektor Kotzer? Deshalb ist er auch nach der Geburtstagsparty so rasend schnell an uns vorbei gerast.

Gyrosbrot: Und wir dachten, das lag daran, dass er sich schämte, weil Jumbo für Kocker gestrippt und ihm dann noch ins Gesicht ejakuliert hatte. Stimmt's Chef?

Plastikschlitten und **Tatilda**: Was hast du gemacht, Jumbo?

Jumbo: (*rotgeworden*) Das spielt doch jetzt keine Rolle, Mante. Viel wichtiger ist, dass ein angesehener Inspektor und Freund wegen dir zum Schläger und Dieb wurde.

Tatilda: Damit hat Kocker nichts zu tun. Bestimmt.

Plastikschlitten: Wer denn, hä?

Tatilda: Härrisson! Ich hatte ihm das mit den Filmen erzählt, als ich merkte, dass Mister Kocker restlos überfordert war damit, zwei lächerliche Filme aus einem alten undichten Wohnwagen zu holen. Härrisson war entsetzt, als ich ihm das mit den heimlich gemachten Fotos erzählte. Er sagte *Scheiße, jetzt fliegt alles auf* oder so ähnlich, hatte das nicht verstanden.

Jumbo: Ich sehe jetzt aber deutlich klarer.

Plastikschlitten: Wo? Und vor allem welche Klara? Ich kenne gar keine Klara. Gyrosbrot, kennst du eine Klara?

Gyrosbrot: Klar, und Großvater und Schnucki und Heidi.

Jumbo: Inspektor Kitzler hat uns den Fall mit der Frau übertragen, die durch ihre perversen Exzesse unschuldige Leute zu Lustmonstern machen wollte. Dann kamen wir durch Plastikschlitten auf die Spur von Fistkack, stellten lediglich einige Zusammenhänge zwischen den Vorkommnissen in der Nachbarschaft und der Sekte von Fistzack in den Siebzigern fest und erkannten, dass es sich hierbei um ein und dieselbe Person handeln muss. Und nun ist mir klar, dass Härrisson derjenige ist, hinter dem sich Fistfack versteckt. Er hat die ganze Zeit mit uns gespielt. Besonders mit dir, Plastikschlitten. (*Gyrosbrot lacht*) Er verfügte über genügend Hintergrundinformationen durch meine redselige Mante Tatilda über unsere Vorgehensweise, und ließ sich deshalb auch durch unsere Zeitungsanzeige so einfach anlocken, und erniedrige unseren dritten, und...

Gyrosbrot: Und dich.

Jumbo: Mich?

Gyrosbrot: Begreif doch! Der peinliche Stripp vor Inspektor Kocker mit der Latte, wo du ...

Jumbo: Schon gut, schon gut.

Gyrosbrot: Da hatte Härrison doch sicherlich auch seine Füße im Spiel. Er hatte, man erinnere sich an seine Visitenkarte, doch offensichtlich guten Kontakt zu dem Transvestitenverleih.

Jumbo: Stimmt Zweiter!

Gyrosbrot: Und jetzt hat er Hitschkoks auf dem Gewissen, dieser Arschficker.

Tatilda: Ja genau, das ist er. (*seufzt vor Sehnsucht*) Und mich will er nun auch demütigen, indem er die Bilder veröffentlicht.

Jumbo: Das Bild lag auf dem Hitschkotzegehacktem. Das war sicherlich nicht sein letzter Mord. Er will uns auf seine Fährte locken. Für jedes Bild ein Mord, um uns zu demütigen und uns zu sagen, dass wir uns aus seinen Angelegenheiten raushalten sollten, und wir dann indirekt schuldig sind, wenn weitere unschuldige Menschen sterben müssen.

Gyrosbrot: Dann lass uns doch aufgeben. Er hat gewonnen.

Plastikschlitten: Gyrosbrot, dass sagst du bei jedem Fall. Willst du tatenlos zusehen, wie er sich neue Opfer für seine perversen Spiele sucht? Ich bin Opfer! Mir tut der Arsch immer noch weh.

Jumbo: Plastikschlitten hat Recht. Ihm tut der Arsch tatsächlich immer noch weh.

Jumbo nickt dem Dritten verständnisvoll zu.

Gyrosbrot: Hä?

Jumbo: Wir müssen Sadoman Schisskack ...

Plastikschlitten und **Gyrosbrot** und **Tatilda**: Fistfack!

Jumbo: Wir müssen Fistfack alias Härrisson enttarnen, noch bevor er sein nächstes Opfer findet. Wir haben einen Vorteil: Er weiß noch nicht, zumindest hoffe ich das, dass er nicht weiß, dass wir wissen, was wir wissen, nämlich, dass Härrisson Sadoman Klickklack ist.

Plastikschlitten und **Gyrosbrot** und **Tatilda**: Fistfack!

Jumbo: Ruf Inspektor Coca an, Griesbreikot! Frag, ob Harrison sich für morgen krankgemeldet hat. Plastikflittchen, lauf du zur Bibliothek und sieh nach, ob du mehr über Sadomann Flickflacks Gewohnheiten und Hobbies herausfindest. Tatilda, falls Harrisson kommen sollte, zu dir meine ich, lass dir nichts anmerken, lass dich genauso verwemmsen und durchficken wie immer.

Tatilda: Aber ich weiß nicht, ob ich ...

Jumbo: Du musst, sonst ist unser aller Leben in Gefahr.

Plastikschlitten: Entschuldige, warum soll ich eigentlich die zwanzig Kilometer zur Bibliothek laufen und nehme nicht einfach meinen Wagen.

Jumbo: Weil ich mir jetzt damit erst einmal ne Pizza holen fahre. Also ... an die Arbeit, Männer!

Tatilda und **Gyrosbrot** und **Plastikschlitten**: Geht klar, Chef!

ring, ring

Jumbo: Oh, Moment noch! Das Telefon klingelt.

Plastikschlitten: Jumbo, das Telefon klingelt.

Jumbo: Das sagte ich doch. Ich geh ran.

Gyrosbrot: Schalt den Verstärker an, Jumb!

Plastikschlitten: Genau, schalt den Verstärker an.

Jumbo: Mach ich ... (*höhrerabnehm*) ... ja, Jumbo Johnssen von den drei Detektiven!

Telefon: Ich bin's, Onkel Titte. Du Jumbo, ich hab nicht viel Zeit, ich wollte dir nur sagen, dass ich noch eine Woche in Europa bleibe. Ich habe mehr Angebote bekommen als ich dachte und die Verhandlungen ziehen sich noch etwas in die Länge. Deine Mante ist gerade angekommen, du hast sicher noch gar nicht bemerkt, dass sie nicht zu Hause ist. Ich brauche sie dringend hier und darum hat sie heute Morgen direkt den ersten Flug genommen. Sie wollte euch noch Bescheid sagen, aber ihr ward ja mal wieder unterwegs und habt eure Rübennasen in anderer Leute Angelegenheiten gesteckt ...

Gyrosbrot und Plastikschlitten schauen sich ungläubig an, die Augen fallen ihnen fast raus. Tatilda hält sich wie versteinert die Hand vor den Mund.

Jumbo: (*verwirrt, rammt sich volle Pulle das blutige Zahnritzel in den Oberschenkel um zu gucken, ob er träumt*) Äh ...

Telefon: ... und du weißt ja, dass Mante Tatilda nicht schreiben kann, deswegen konnte sie dir keine Nachricht hinterlassen ...

Jumbo: (*kalkeimerweiß und Transpirattröpfchen auf der Stirn*) Ähhh ...

Gyrosbrot und Plastikschlitten starren Mante Tatilda an, Jumbo starrt alle drei an.

Anrufbeantworter: Ähm, ich bin die Mutter vom kleinen Malte aus Sydney! Bisher habe ich ja nie was gesagt, wenn mal wieder eine Telefonlawine von Euch über den Pazifik gerollt kam, aber das ist ja wohl eine bodenlose ...

Telefon: Ich soll dir ausrichten, dass sie gut angekommen ist und dass wir nächste Woche zusammen zurückfliegen werden. Und wie geht es euch dreien? Habt ihr einen neuen Fall?

Jumbo: (*jetzt totaler Schweißausbruch, starrt Mante Tatilda an*) Ähhh ...

Tatilda fummelt verlegen mit den Fingern an ihrer versifften Küchenschürze und macht einen Schritt rückwärts zur Zentralentür.

Telefon: (*heiter*) Na, dann ist ja alles in Ordnung, macht's gut ihr drei. (*im Hintergrund gedämpft Mante Tatildas Stimme*)

Mante Tatilda: Nun komm schon, Titte! Wir sind spät dran.

Jumbo lässt den Hörer fallen und die Mante Tatilda in der Zentrale hechtet zur Tür.

Gyrosbrot: (*geistesgegenwärtig laut brüllend*) Plastikschlitten, Plan B, zweite Variante nach Modell Alpha Typ 3X-R2D2C3PO!

Plastikschlitten springt schreiend über den Experimentiertisch, ohne auf die umherfliegende Rasterelektronenmikroskopausrüs-

tung zu achten, schlägt ein Rad mit anschließendem Salto rück-
wärts, um zum am anderen Ende der Zentrale stehenden Regal mit
Jumbos Präparaten und hochempfindlichen Laborausrüstungsge-
genständen (hauptsächlich aus Glas) zu gelangen und hämmert
volle Pulle auf einen roten Knopf in der Rückwand. Sofort öffnet
sich genau unter Mante Tatilda eine Klappe im Fußboden und
verschluckt Tatilda mit lautem Gekreisch. Plastikschlitten, der in
dem Regal hängt, kracht mit samt dem Regal zu Boden und reißt
sich Kopfschwarte und Arme mehrere Zentimeter tief auf. Stille.
Irgendwo fällt noch etwas aus Glas herunter und geht in Arsch.

Bläckunddeckie: Krächz, krächz, das habt ihr gut gemacht, gut
gemacht, krächz krächz.

Gyrosbrot: Wer auch immer das war, wir wären ihr fast auf den
Leim gegangen.

Jumbo: Oder ihm.

Plastikschlitten: (*Rappelt sich aus dem Scherbenhaufen hoch.*
Jetzt bluten beide Hände und sein Gesicht ist blutüberströmt,
Stimme zittert etwas) Na, das war ja was. Wie viele Manten hast
du eigentlich, Jumbo?

Jumbo: Mensch, Hacklschorschschlitten, begreifst du denn nicht?
Das war nicht meine Mante Tatilda. Nur jemand in einer besonders geschickten Verkleidung, der sich für Mante Tatilda ausgegeben hat, weil er wusste, dass Mante Tatilda gar nicht da ist und
deshalb so tat, als wäre er Mante Tatilda.

Plastikschlitten: Sch...schon klar. Bin ja nicht doof.

Gyrosbrot: Du, Jumbo, wo führt eigentlich der Schacht hin? Als
letztes Jahr die Beamten vom Umweltamt hier auf dem Schrottplatz ne Razzia durchgeführt haben, musstest du doch alles Mögli-
che umbauen.

Jumbo: Stimmt! Wir wurden damals an die städtische Kanalisation angeschlossen und unsere Sickergrube wurde entsorgt.

Plastikschlitten: Ja, ich erinnere mich noch an die riesigen Schau-
felradbagger und Muldenkipper, die die ganzen mit Scheiße und
Pisse kontaminierten Erdschichten abtragen mussten.

Gyrosbrot: Ach ja, und monatelang kamen ganze Schulklassen
und Kegelklubs um etwas über Tagebau zu lernen. Gegenüber
hatte eigens für die Besucher ein Gasmaskenverleih mit eigener

Kotztütenfirma eröffnet. Der Betreiber hat sich danach die Karibik gekauft und ist ausgewandert.

Jumbo: Seid ihr fertig?

Plastikschlitten: Also wo führt denn nun der Schacht hin, Jumbo?

Jumbo: Also, da der Wohnwagen, also unsere Zentrale, damals nicht an die Kanalisation angeschlossen wurde, habe ich unter der Zentrale eine neue Sickergrube ausgehoben und da führt der Schacht hin.

Plastikschlitten: Aber Jumbo, wir haben hier doch gar kein Scheißhaus?

Jumbo: Na ja, nicht direkt. Hab halt zwischendurch auf unseren Geheimknopf gedrückt und in den Schacht geschissen.

Plastikschlitten: Na ... und gewichst wahrscheinlich.

Klatsch

Gyrosbrot: Aua! Ich war das doch gar nicht!

Jumbo: Ich bin gespannt, wer uns hier die ganze Zeit Theater vorgespielt hat.

Plastikschlitten: Und zwar so perfekt, dass selbst du drauf hineingefallen bist, Jumbo!

Stimme aus dem Schacht: (*erstaunlich männlich, gedämpft*) Ey ihr Penner, ich gebe auf. Holt mich nur hier raus, ich kotz mir sonst das Gehirn raus örg...ÖRG...ÖÖÖAAAARRRGGGHHH

Gyrosbrot: Da kotzt jemand in deine Pissscheißgrube, Jumbo!

Jumbo: Plumpsklo, wenn ich bitten darf. Holt die Leiter von draußen! Wir wollen doch mal sehen, mit wem wir es zu tun haben. Ich hab so das Gefühl, dass wir bald klarer sehen.

Plastikschlitten: Klara? Wer ist das denn?

Gyrosbrot und Plastikschlitten holen die alte abgenudelte Leiter vom Hinterhof, die immer noch von ihrer damaligen Fotosession unter dem Schlafzimmerfenster von Mante Tatilda stand.

Gyrosbrot: Hier, Jumbo!

Jumbo: Ich lasse sie herab. (*In den Schacht*) Hörn sie! Hier ist eine Leiter!

Ein alter mit Scheiße verschmierter Mann röchelt sich die splitterverseuchten Sprossen hoch. Die nun vollgeschissene und urintrie-

fende Perücke bedeckt noch immer seinen alten runzeligen Kopf. Jumbo packt, noch bevor der Mann ganz herausgekommen ist, seinen Haarmop, reißt ihn ihm vom Kopf und feuert ihn aus Versehen volle Kanne in Gyrosbrots Fresse, der gerade mit bereits erhobenen Zeigefinger und offenem Mund eine Anmerkung machen wollte. Jumbo lässt die Kinnlade fallen.

Jumbo: Kommissar Rennstolz?

Brennholz: Hallo Kinder.

Gyrosbrot: Wie bitte? Sie verkleiden sich als Jumbos Mante, erzählen uns irgendwelche Geschichten, fallen in eine Jauchegrube und alles, was Sie sagen, ist: *Hallo Kinder*?

Brennholz: (*wischt sich die Scheiße von den Augen, während er sich in den weichgepolsterten Sessel des Ersten setzt, bevor Jumbo was sagen kann*) Ach Kinder, ihr wisst gar nicht, wie langweilig es ist, in Pension zu sein.

Plastikschlitten: Und ob, ich war mal in einer Halbpension im Urlaub mit meinen Eltern in Österreich, und ich kann mir vorstellen, wie langweilig dann erst mal eine Ganzpension sein muss.

Brennholz: (*zu Jumbo*) Wolltet ihr den nicht nach Kapernhund aus eurem Verein werfen?

Jumbo: Ist ne lange Geschichte, außerdem haben wir jetzt erst einmal Wichtigeres zu klären: Wie kommen Sie dazu, sich als meine Mante auszugeben?

Brennholz: Naja, ich gebe zu, dass das nicht richtig war. Aber seitdem ihr nur noch mit Kocker rum macht ...

Gyrosbrot: Woher wissen Sie denn, dass Jumbo mit Kocker rumgemacht hat?

Jumbo: Ich bin sicher, Papyrusboot, der Kommissar meint damit unsere enge Zusammenarbeit mit dem Inspektor seit dessen Pensionierung und nichts Anderes.

Brennholz: Was? ... Ja richtig! Jedenfalls ... na ja, ich dachte mir, als ich mal wieder in meinem alten Ohrensessel saß und mir alte Hitschkoksfilme ansah: Mensch Säm, das kann es doch jetzt nicht schon gewesen sein. Ich bin zwar alt, aber noch nicht tot und die Erfahrungen, die ich im Amt durch jahrelanges Rumsitzen und durch die zahlreichen Verhaftungen am Ende jedes Falles von euch gesammelt hab, die könnte ich doch auch weiterhin der Polizei zur Verfügung stellen als ehrenamtlicher Seniorassistent der Polizeidirektion in Rambo Bietsch. Moment ...

Brennholz zieht ein altes scheißegetränktes Blatt aus der Hosentasche. Jumbo nimmt es und liest vor.

Jumbo: Der Inhaber ist ehrenamtlicher Seniorassistent ... gez. Inspektor Kocktail.

Jumbo schüttelt fassungslos den Kopf und gibt dem Kommissar den Wisch wieder, der ihn so stolz entgegennimmt, wie ein Pfadfinder, der das Feuer-ohne-fremde-Hilfe-entfach-Abzeichen angesteckt bekommt.

Plastikschlitten: Das ist ja alles gut und schön, dass Sie trotz Ihrer Pension und Ihres, na sagen wir mal, labilen Geisteszustandes, immer noch der Polizei in Rambo Bietsch helfen wollen. Das erklärt aber immer noch nicht Ihr Handeln vorhin.
Jumbo: Richtig, Klarsichttitten ... (*zu Brennholz*) also?
Brennholz: Na ja, als ich da in meinem Sessel saß, dachte ich mir, ich hacke mich mit meinem alten Amiga mal in den Polizeicomputer ein. Und dabei sah ich eine Datei über die laufenden Fälle und deren derzeitige Ermittlungsverläufe und stieß natürlich auch auf euren Fall. Die Sache mit der Nutte, die die ganzen Männer hier verrückt macht und deren vermeintlichen Zusammenhang mit Sadoman Fistfack. Ihr müsst wissen Kinder, dass ich es war, der als junger Streifenpolizist exakt mit diesem Fall betraut war.
Gyrosbrot: Das würde immerhin erklären, warum Fistfack nie gefasst wurde.

Der Kommissar haut dem Zweiten voll auf die Schnauze.

Gyrosbrot: Sind Sie bescheuert?
Brennholz: Ich habe die Sekte aufgespürt und zerschlagen. Zusammen mit Alfred Hitschkoks.
Jumbo: Sagten Sie Hitschkotze?
Brennholz: Nein ich sagte Hitschkoks. - Zusammen mit Hitschkoks bin ich früher immer zum Angeln gefahren. Er war mein Freund und deshalb bat ich ihn, dass er mir helfen sollte, den drei Paragraphenzeichen mal eine Lektion zu erteilen.
Gyrosbrot: Wie jetzt?

Brennholz: Hhahahahöhöhusthöhöhühühüheul. Immer war ich der Vollidiot! Ein altersschwachsinniger starrsinniger Mann, der immer nur Recht hatte, wenn er das bestätigte, was Jumbo zuvor gesagt hatte, und selbst wenn Jumbo alles erklärt und erörtert hatte, so dass es sogar Kleinkinder verstanden, wusste ich immer noch nicht, wen ich festnehmen musste. Es war erniedrigend immer der Arsch zu sein. Eine unbedeutende Nebenrolle, der Schatten, der das Hirn von Jumbo noch mehr zum Strahlen brachte. Hitschkoks war begeistert von meinem Plan, euch auf die Probe zu stellen. Er überlegte, wie er den Fall Fistfack wiederbeleben könnte und organisierte diese Nutte, die alles fickt, was nicht bei drei auf den Bäumen ist, so dass Kocker völlig überfordert ist und den Fall früher oder später an euch abtreten würde. Es war uns klar, dass das erste, was ihr tun würdet, das sein wird, dass ihr euren Hiwi in die Bücherburg schickt. Deshalb haben wir die Bibliothekarin darauf vorbereitet. Sie hat recyceltes Klopapier benutzt, damit es schön alt aussieht und dort die Geschichte von Fistfack draufgeschrieben und ins Stadtarchiv gelegt. Es gibt nämlich in Wirklichkeit keinen Fistfack. Hahahaha. Das hatte sich damals bereits bei meinen Ermittlungen ergeben. Hahaha. Es war eine Erfindung von unserem Ausbilder, um uns zu trainieren, und genau so wollte ich es mit Euch auch machen.

Gyrosbrot: Und für so einen blöden Scherz hat Mr. Hitschkoks sein Leben gelassen?

Brennholz: Hahaha. Hitschkoks ist doch nicht tot. Habt ihr das tatsächlich geglaubt? Seinen Tod vorzutäuschen war das einfachste an dem ganzen Plan. Viel schwieriger war es, euch ne eMail zu schicken. Dieser verdammte Server! Und dann noch ein Rätsel zu schicken, das einfach genug war, dass ihr Vollidioten es entschlüsseln könnt und es andererseits immer noch ein Rätsel war. Naja auf Irrwegen habt ihr das dann ja tatsächlich geschafft nach dem Sprichwort: Auch ein blinder Trinker findet mal ein Korn.

Jumbo: Woher wissen Sie von unserer Entschlüsselung? Wir haben es niemandem erzählt!

Plastikschlitten: Und dabei waren Sie auch nicht.

Brennholz: Hahaha. Kuckt doch mal in eure Zuckerdose, die dort auf dem Tisch steht. Ist euch gar nicht aufgefallen, dass keiner seinen Kaffee mit Milch oder Zucker trinkt und trotzdem eine

Zuckerdose auf dem Tisch steht? Geschweige denn, dass überhaupt jemand von euch Kaffee trinkt ... hahaha

Jumbo: Also ab und zu trink ich schon gern mal ein Tä...

Brennholz: So schlau seid ihr nämlich gar nicht. In dem Pöttchen wimmelt es nur so von Wanzen.

Jumbo: Sie meinen ...

Brennholz: Ja, ich meine kleine Abhörgeräte, die man in Räumen oder an Orten versteckt und dessen Aufnahmen man auch von weiter Entfernung empfangen kann, du Klugscheißer. Ich weiß, was Wanzen sind. War 30 Jahre mit einer verheiratet. Ihr müsstet es eigentlich auch wissen. Eure ganze Zentrale ist verseucht davon. Hier gibt es mehr Wanzen als jemals Worte hier gesprochen wurden. Die ganze Zentrale ist eine große Wanze hahahahahah (*wahnsinnig werdend vor Schadenfreude*) hahahaa ... (*klopft sich auf die Schenkel*)

Gyrosbrot: Sie gemeiner Kerl.

Plastikschlitten: Nicht die Nerven verlieren, Gyrosbrot. (*Schnappt sich Brennholz, rüttelt an seinem vollgeschmierten Kragen*) Dann sag doch bitte: Was hast du mit mir im Zahnsteinhotel gemacht?

Brennholz: (*Lacht sich ins Delirium*) Hahaha, das weißt du nicht? In den Arsch gefickt hab ich dich. Hahaha. In den Arsch gefickt. Das musst du doch gemerkt haben! Hahaha.

Plastikschlitten: (*Kurz vorm Ausrasten, so wie damals mit Mr. Kocker im Käfer vor der Polizeiwache*) Ich werd dich ... umbringen werd ich dich!

Jumbo: (*ruhig*) Mach dir nicht deine Finger an ihm schmutzig, und das meine ich wörtlich! Lass sein, Plastikschlitten! Ich glaube nicht, dass Kommissar Brainbolz dich in den Arsch gefickt hat, Astdickschnitzen.

Alle, einschließlich Kommissar Brennholz, halten in ihren bisherigen Tätigkeiten inne und schauen Jumbo nun mit verblüfften Augen an.

Brennholz: Natürlich hab ich ihn in den Arsch gefickt.

Gyrosbrot: Er hat recht, Jumbo. Er hat es doch selbst gerade zugegeben.

Jumbo: Jeder, der behauptet, dass Kommissar Brennfotze irgendjemand in den Arsch gefickt hätte, der weiß etwas Entscheidendes nicht.

Gyrosbrot: Rede nicht so lange um den heißen Brei herum. Sag doch endlich, was du meinst!

Jumbo: Ich meine damit, dass wenn jemand behauptet, dass Kommissar Rentier irgendjemandem in den Arsch gefickt haben soll, er etwas Entscheidendes nicht beachtet hat.

Plastikschlitten: Und was ist das, Jumbo?

Brennholz: (*auch schon total gespannt*) Ja genau?

Jumbo: Ganz einfach: Dass Kommissar Pennsold impotent ist.

Gyrosbrot: So ein Schwachsinn!

Jumbo: Kein Schwachsinn.

Gyrosbrot: Woher willst du das wissen?

Jumbo: Ich weiß es einfach.

Gyrosbrot: Woher?

Jumbo: Ist doch egal.

Gyrosbrot: Meinst du nicht, dass Kommissar Rainholz es wohl am besten wissen müsste, und er hat grade gesagt, dass er Plastikschlitten, na ja, dass er ihm eben in den Arsch gefickt hat. Und wenn man sich das Arschloch von Plastikschlitten bei Licht besieht, sollte man glauben, dass er es mit einem riesengroßen Schwanz getan haben muss, der so steif und fest gewesen ist, dass man damit mühelos einen gefrorenen Acker hätte umpflügen können.

Jumbo: (*ganz ruhig*) Das da ist nicht Kommissar Streichholz.

Brennholz: Wer bin ich nicht? Also das ist doch ...

Jumbo: Skinhäd Kotzpiss! Schaut euch seine Hände an. Es sind die Hände eines jungen Mannes. Außerdem erkenne ich die Initialen S und N in seiner linken Daumenfalte, dessen Rückführung auf unseren Erzfeind noch nicht mal meinen Hypothalamus beansprucht. Los Komolitonen! Reißt ihm die Maske runter!

Jumbo und Gyrosbrot röppen an ihrem ungebetenen Besucher herum, bis die alte rothaarige Birne von Skinboy Noxriss zum Vorschein kommt.

Skinboy: Lasst mich los, ihr Penner! Paragraphenzeichen, hahaha, dass ich nicht lache. Stümper seid ihr! Nichts als Stümper!

Gyrosbrot: Für dich und deine gemeinen Intrigen reicht es grade noch.

Plastikschlitten: Wer von euch hat mir denn jetzt in den Arsch gefickt?

Skinboy: Das war ich. Dafür komme ich bestimmt ins Himmelreich. Mit umgeschnallten Plastiktitten.

Plastikschlitten: Meint der jetzt mich?

Jumbo: Und die Punkte, die Plastikschlitten auf der Hand seines Peinigers gesehen hat waren Shithoys Initialen. Und auch der Anruf aus der Polizeibehörde war von ihm. Er hatte sicherlich Kontakt zu der Nutte, die hier ihr Unwesen treibt, und hat sich für ihre Zwecke einbinden lassen. Es kam ihm sehr gelegen, da er uns sowieso nicht leiden kann.

Skinboy: Sie ist keine Nutte. Sie ist eine Göttin.

Gyrosbrot: Sie ist Sadoman Fistfack, ein Sektenführer, der dich für seine Zwecke missbraucht. Ganz schön erbärmlich.

Plastikschlitten: Fistfack ist gefährlicher als wir dachten, Leute. Es heißt ja, dass er seine Anhänger durch Sex so stark hypnotisiert, dass sie ihm hörig sind und keine eigene Willensäußerung haben. Wer weiß, wer noch von ihm manipuliert wurde und nun gegen uns arbeitet.

Jumbo: Hmm, aber eines ist mir noch nicht klar, Skinhead, warum hast du dich als Mante Tatilda ausgegeben? Das war doch völlig witzlos!

Skinboy: (*schnallt seinen künstlichen Riesenfettarsch aus Pappmaschee ab und schmeißt ihn in die Jauchegrube*) Wenn die Bezahlung stimmt, mache ich eben alles. Und euch eins auszuwischen war schon immer mein Traum. (*puhlt sich Jumbo-Scheiße aus dem Ohr*)

Jumbo: Ah, ich glaube, ich verstehe. Griechenbrot, Plastikschnodder! Wir sind nur Teil einer großen Inszenierung ... (*langsam betont*) und Skinhead ist genauso benutzt worden wie ...

Gyrosbrot: Jumb, wie meinst du denn das schon wieder?

Jumbo: Kommilitonen, ich sag euch was. Irgendwer treibt hier ein übles Spiel mit uns, ich weiß nur noch nicht wer und warum. Das einzige, was ich weiß, ist, dass wir sehr vorsichtig sein müssen.

Plastikschlitten: Kannst du dich nicht mal normal ausdrücken, Jumb?

Gyrosbrot: Wie meinst du das, Erster? Sag schon!

Jumbo: Ganz einfach: Alle Personen, mit denen wir es in diesem Fall bis jetzt zu tun hatten, treten entweder in Masken auf oder haben durch Hypnose oder pharmazeutisch zweckentfremdete, wahrscheinlich dem Betäubungsmittelgesetz unterliegende Psychonarkotika auf pflanzlicher oder synthetischer Basis ihr eigenes Bewusstsein verloren und führen so die Befehle eines Unbekannten aus. Dieser Unbekannte will uns auf diesem Weg schaden und unseren Ruf urinieren.

Gyrosbrot: Äh, Jumb, ... eeehhh sag mal, wie kommst du darauf?

Jumbo: Erinnert ihr euch noch, als wir den Anruf des angeblichen Aserbeidschan Ausdemsack...

Plastikschlitten: Sado...

klatsch

Jumbo: (*nahtlos weiter*) ... zurückverfolgt hatten und daraufhin zur Polizeidienststelle gefahren sind und die Liste mit den Leuten bekamen, die in der Nacht dort waren.

Gyrosbrot: Du meinst, als Plastikschlitten versucht hat Inspektor Kocker fertig zu machen und dann in der Klapse gelandet ist?

Jumbo: Genau! Denkt mal genau nach. Welche Personen waren dort anwesend?

Plastikschlitten: Also, da war Harrison der Pförtner, dann Inspektor Kocker und Kerschwein.

Jumbo: Eben.

Plastikschlitten: (*knibbelt an diversen Blutkrusten herum*) Ich kann daran nichts Besonderes finden.

Jumbo: In einer normalen Polizeidienststelle tummeln sich normalerweise zig Polizeibeamte, und Menschen, die vielleicht Anzeigen erstatten wollen, gehen rein und raus und es stehen vor allen Dingen mehr als nur zwei Autos auf dem sonst vollgestellten Parkplatz. Versteht ihr? Wir sind volles Pfund verarscht worden. Mir ist nämlich eben eingefallen, dass ich in der Zeitung gelesen habe, dass die komplette Dienststelle an dem Tag Betriebsausflug hatte und deswegen die Polizeinotrufnummer nach Santa Rabarba umgeleitet wurde.

Plastikschlitten: Aber warum waren Inspektor Kocker und Mr. Kershe und Harrisson denn da?

Jumbo: Ganz einfach. Das waren nicht Inspektor Pocker, Kanasta und Harrison. Schaschlickpisten, als du kläglich versucht hast, den angeblichen Mr. Kocker zu erledigen, weißt du noch, was er gesagt hat?

Anrufbeantworter: Krieg ich noch einen Anruf von euch, schlage ich euch tot!

Plastikschlitten: Ähm ähm äm – nö

Jumbo: Er sagte *Lass meine Hand los*, weil er speziell präparierte Handschuhe anhatte wie sie beim Film benutzt werden, um junge Hände wie alte aussehen zu lassen. Du hättest sie ihm fast abgerissen und dann wäre der ganze Schwindel aufgeflogen.

Gyrosbrot: Aber, wenn es nicht Inspektor Kocker gewesen ist, wer war es dann?

Jumbo: Ganz einfach. Es war Skinboy. Genauso, wie er uns heute Pissoua Schreinkolz vorgespielt hat. Nur konnte er heute die Spezialhandschuhe nicht anziehen, weil er ja vorher Mante Tatilda war und dafür seine eigenen Hände besser passten.

Skinboy: Das könnt ihr mir nie beweisen.

Plastikschlitten: Und wer war Harrison? Oder besser gesagt als Harrison verkleidet?

Jumbo: Nun Plastikschlitten, ich glaube, das ist genau der Mann, der unsere Detektivfirma ruinieren will und von dem Skinbrush bezahlt wird. Stimmts Skincow?

Skinboy: (*leichtes Flackern in den Augen*) Das keint ihr mio no webeis .. könnt mir irj nie ver (*leichtes Herzkammerflimmern*)

Jumbo: Skinboy, was haben wir heute für einen Tag?

Skinboy: Das kennt kanbeweisen ihr ni mir.

Gyrosbrot: Was ist denn mit dem los? Der redet ja wie im Delirium.

Jumbo: Da haben wir es! Skinboy steht unter Drogen und ist wahrscheinlich zusätzlich hypnotisiert, um bestimmte Anweisungen auszuführen. Jetzt, da wir ihn überführt haben, passen seine einhypnotisierten Anweisungen nicht mehr zum Ablauf des Geschehens und er steht kurz vor einem Kurzschluss.

Plastikschlitten: Du meinst, wir brauchen nur herausfinden, wer sich als Harrison ausgibt und wir haben den Fall gelöst?

Gyrosbrot: Was heißt hier: *Wir*? Du baust doch eh nur Scheiße und bist nur deshalb dabei, weil wir so günstig an die Kameraausrüstung deines Vaters kommen und wir jemanden brauchen, der die Zentrale putzt.

Plastikschlitten: Aber ... keiner hat mehr geblutet. (*will gerade anfangen zu heulen*)

Gyrosbrot: Jumb, warum rufen wir nicht einfach mal Inspektor Kocker an, dann werden wir ja sehen, ob du Recht hast.

Jumbo: Glänzende Idee, Griechenbrot. Genial einfach und deshalb einfach genial.

Plastikschlitten: (*will sich profilieren*) Ich wähle schon mal die Nummer.

Jumbo: Na gut, Letzter! Aber blute nicht alles voll und gib mir den Hörer.

Gyrosbrot: Und schalt den Verstärker ein, Putze!

Wählgeräusche, leises sinnloses Brabbeln von Skinboy im Hintergrund

Kocker: Ja, Kocker?

Jumbo: Äh, Inspektor Kötte? Hier spricht Jesuitenpater Johnssen, von den drei Paragraphenzeichen ...

Kocker: Ahh, Jumbo, du bist es? Ich hatte mir zwar vorgenommen, meinen Jahresurlaub nach dem schrecklichen Vorfall mit Mr. Hitschkoks nicht noch einmal zu unterbrechen, eine schändliche Tat, aber für euch mache ich selbstverständlich doch noch einmal eine Ausnahme. Meine Zierfische, um die ich mich eigentlich jetzt intensiv kümmern wollte, sie schwimmen ja nicht weg. Hehe, zumindest nicht allzu weit unter den lebensunwürdigen Verhältnissen, in denen sie hier ihr Dasein fristen müssen. Hehe. Wollte die hundert Wasserbewohner mal in einen größeren Eimer schmeißen, bevor sie alle kaputt sind, na ja, egal, Jumbo. Wo brennt's denn?

Jumbo: Was sagten Sie? Sie haben Urlaub?

Kocker: Ja, eigentlich schon seit zwei Tagen. Hab ihn nur kurz unterbrochen für den Betriebsausflug, damit mir die Stunden nicht flöten gingen und für die Tatortbesichtigung von Hitschkoks, weil meine Kollegen gesagt haben, dass ich mir das unbedingt mal ansehen müsste, weil das noch heftiger wäre als dein Strip auf meinem Geburtstag. Jetzt bin ich aber heilfroh, dass ich jetzt erst mal weg bin und Gras über die Sache wachsen kann. Hab jetzt erst mal meine Überstunden und mein Urlaub genommen und bleibe ein Jahr zu Hause. Ich wollte es euch nicht erzählen, weil ich wusste, ihr würdet mich dann zu Hause nerven.

Jumbo: Und Sie waren nicht zufällig in der letzten Woche irgendwann mal auf dem Polizeirevier?

Telefon: Nun, das Revier befindet sich in einem alten Gebäude aus der Siedlerzeit. Das Dach ist ziemlich morsch und würde mich wohl nicht aushalten. Ich bin doch nicht lebensmüde.

Jumbo: Ähh..hä?

Kocker: Kleiner Scherz am Rande. Nein ich bin nicht so ethisch motiviert wie ihr und opfere für die richtige Sache meine Freizeit. Ich war nicht im Revier, bin doch nicht irre. War das alles, oder hast du noch was auf dem Herzen? Wie ich bereits sagte ... die Fische.

Jumbo: Nein, nein Inspektor, Sie haben mir sehr geholfen. Ich wünsche Ihnen noch einen schönen Urlaub, frohe Ostern und dicke Eier!

klick

Kapitel 10

Geburtstagsgeschenk

Jumbo: Dachte ich es mir doch. Kackwurst hat schon lange Urlaub und weiß von nichts. Stellt sich nur die Frage, wie wir weiter vorgehen.

Plastikschlitten: Klar, telefonieren und doof rumlabern ist ja auch alles, was du kannst. Aber wenn's darum geht den Fall aufzuklären, seid ihr ohne mich doch völlig aufgeschmissen.

Plastikschlitten steht da, aus beiden zerfetzten Händen pulsiert immer noch das Blut auf den Zentralenboden. Die Fresse total zerschnitten und mit Blut und Scheiße verschmiert, hat als einziger der drei Detektive die Nacht nicht geschlafen, sondern ist beim Spannen in der Nacht von einem Baum gefallen und von mehreren Hunden zerfetzt worden

Plastikschlitten: Jumbo!

Jumbo: Ja, Plastikschlitten?

Plastikschlitten: Du stinkst!

Jumbo: Gut. Plastikschlitten, ICH STINKE! Alles klar. Du scheinst ja den totalen Durchblick zu haben. Du bist ja Mr. Bibliotheksobermeister, stehst kurz vor dem Sprung in die Walhalla und während du mich mit deiner Schnitzelfresse angrinst, erzählst DU MIR, wo es langgeht. (*ultraausrastend und megabrüllend*) DANN MACH JETZT SOFORT EINEN VERNÜNFTIGEN VORSCHLAG, WIE ES WEITERGEHT, SONST BRING ICH DICH AUF DER STELLE UM!

Plastikschlitten: Ist doch ganz einfach. Wir geben Skinboy eine Pulle von dem Valium-Betablocker-Gemisch, das Mante Tatilda dir täglich mit dem Löffel einflößt, um dich ruhig zu halten, damit du dir bei deinen egophilen Sexeskapaden nicht die Arme brichst. Dann schicken wir ihn nach Hause und legen uns vor seiner Tür und im Garten auf die Lauer. Schließlich wird unser unbekannter Gegenspieler mit ihm Kontakt aufnehmen müssen und dann schlagen wir zu. Als Ausrüstung nehmen wir die Woakitokis, Taschenlampen und für dich eine Ladung Kleenex und Tempos mit, damit du nicht die ganze Nachbarschaft vollwichst. Du hast nämlich schon wieder einen Ständer.

Jumbo: Vergesse ich einmal deine subtilen Beleidigungen, dann bringst du mich auf eine Idee, Letzter. Hab ich euch mal die Geschichte vom trojanischen Pferd erzählt?

Gyrosbrot: Jumbo, bitte, für deine Hanni und Nanni Geschichten haben wir jetzt keine Zeit. Warum erzählst du uns denn jetzt was von Pferderassen?

Jumbo: Du bist leider auf dem Holzweg, Zweiter. Das trojanische Pferd ist keine Pferderasse. Die Griechen haben sich ...

Gyrosbrot: Jumbo. Sag was du meinst oder ich höre nicht mehr zu.

Jumbo: Lass mich doch ausreden, Gyrosbrot. Was ich sagen will: Die Griechen haben sich damals ...

Gyrosbrot: Eins ...

Plastikschlitten hält sich die Ohren zu und singt mit geschlossenen Augen irgend nen Scheiß.

Jumbo: ... haben sich damals ...

Plastikschlitten: ... was willst denn du...

Gyrosbrot: zwei

Jumbo: ... als Pferd ver..

Gyrosbrot: drei ...

Plastikschlitten: ... ich halt mir nur fest die Ohren zu. Was ...

Jumbo: (*schreit, damit auch Plastikschlitten es mitkriegt*)
Okay, okay, also, was ich meine ist: Wir fesseln Skinboy und behalten ihn in der Zentrale. Gyrosbrot geht zu Mr. Canyon, einem Maskenbildner, den ich noch vom Film her kenne, und soll sich als Skinbox herrichten lassen. Wir hören ihn von der Zentrale aus ab und wenn wir wissen, wer der Unbekannte ist, verständigen wir von hier aus sofort die Polizei.

Musik

Mit roten kurzen Haaren und blassem Teng betritt Gyrosbrot am Abend das elterliche Haus, die Ranch der Familie Noxriss. In seiner neuen Plastikeichel, Mr. Canyon nahm alles sehr genau, ist eine Wanze versteckt, mit der Jumbo und Plastikschlitten alle Gespräche von ihrer Zentrale aus mithorchen können. Skinboy liegt gefesselt und splitternackt auf dem Zentralenboden. Sogar seine Unterhose hatte Gyrosbrot von ihm angezogen.

Mutter: (*durchs Abhörgerät*) Skinboybärchie, willst du noch was Schokoladeneis?

Plastikschlitten und **Jumbo**: (*In der Zentrale*) Hahahaha, Skinboybärchen.

Jumbo: (*Schippse fressend wie bei einem guten Länderspiel*) Ey Skinboybärchen, willst du noch etwas Schokoladeneis?

Jumbo stellt die Schippse auf den vollgesifften Zentralentisch, geht zu Skinboy herüber, dreht sich um, zieht sich die Hose runter, beugt sich etwas vor, so dass sich sein Arsch direkt in Skinboys geknebelter Fresse befindet und der Sack von Jumbo Skinboys Nasenspitze berührt, presst kurz und scheißt Skinboy einen scheißesprenkelaussprühenden Ekelfurz mitten in sein weißes Sommersprossengesicht. Plastikschlitten schmeißt sich auf den Boden vor lachen, während Gyrosbrot zu Tische der Familie Noxriss sitzt.

Mutter: Dein Freund hat übrigens gestern angerufen.

Gyrosbrot: (*als Skinboy*) Wwas für'n Freund?

Mutter: Na, der mit der heiseren Stimme, von dem du mir nie den Namen verraten wolltest.

Gyrosbrot: (*detektivisch einwandfrei*) Und Sie sind sicher...aä...du bist sicher – Mum, dass ich dir den Namen meines Freundes nie genannt habe?

Mutter: Ja. – Seit wann nennst du mich *Mum*?

Gyrosbrot: (*etwas verunsichert*) Naja, ist doch mal was Anderes, als immer nur Mutter, Mammie, Mutti oder so.

Mutter: Du hast mich sonst immer Putzschlampe und Wäschehure genannt.

Gyrosbrot: Oh, hab ich das? Das tut mir leid, aähm tut's mir nicht. So ein Unsinn, hehe, was hat denn mein *Freund* gesagt am Telefon, du du du Putzfotze! Ach Quatsch, Nuttenmama, nein Mösenmutter, äm, ä Wichstitte?

Mutter: (*etwas verwirrt aber immer noch freundlich*) Er wollte gleich vorbeikommen.

Ding dong

Mutter: Ah, das wird er sein. Könntest du ihm bitte sagen, dass er mir nicht mehr zur Begrüßung an die Brust fassen soll?

Gyrosbrot: Mach ich, Mom, ich meine Fickschlampe, oder so.

Mann: (*mit Sonnenbrille, Schnauzer und Hut maskiert*) Los komm!

Gyrosbrot: Ja gut! (*zu Mrs. Noxriss*) Wiedersehn Mom, äh, Fotzenfresse, Hurenschlampe, Schlitzpisserin.

Mann: Wie redest du einglich mit deiner Mutter? Naja egal. (draußen, *zum Auto gehend*) Brauchse noch Stoff?

Gyrosbrot: Ne, ich kann eh nicht nähen.

Mann: Was?

Gyrosbrot: Ähm ich ichehh ich ... ich kann im Stehen gehen.

Mann: Schön für dich. Steig ein!

Gyrosbrot beugt sich fast sogar etwas unauffällig vor und versucht durch die Wanze seines Plastikpimmels Jumbo und Plastikschlitten in der Zentrale etwas zu zuflüstern.

Gyrosbrot: Wir fahren nördlich Richtung Pixondrive.

Mann: Was machst du denn da? Sprichst du mit deinem Fickmorchel?

Gyrosbrot: Jjjajja, nein ... das heißt doch, einglich nicht, manchmal ... selten ...

Den Mann lässt das Stottern und Gyrosbrots Pimmelgespräche unkommentiert, denkt aber darüber nach, ob er aus Gyrosbrots Pimmelgesprächen vielleicht eine Märchenreihe machen sollte, verwirft den Gedanken aber wieder und spricht zu Gyrosbrot, ohne ihn dabei anzuschauen mit auffallender Gelassenheit:

Mann: Du kannst die Maske nun abnehmen, Gyrosbrot.

Gyrosbrot: (*immer noch täuschend echt als Skinboy verkleidet*) Ääm ääää hähähä guter Witz Alter! Ich bin Skinboy.

Gyrosbrot geht mit der Stimme etwas tiefer, damit es sich etwas mehr wie Skinboy anhört und nicht so wie ein kastriertes Rosettenmeerschweinchen.

Gyrosbrot: Ich bin Skinboy.

Versucht es, nachdem er immer noch nicht hundertprozentig zufrieden war, zusätzlich etwas rauer.

Gyrosbrot: Ich bin Skinboy. Ja ich bin Skinboy, hahaha.
Mann: Gib dir keine Mühe, Gyrosbrot, und mit der Wanze in deinem Pimmel brauchst du auch nicht mehr sprechen. Plastikschlitten und Jumbo hören dir eh nicht mehr zu. Die sind nämlich da, wo wir dich jetzt auch hinbringen werden.
Gyrosbrot: Wieso wir?
Mann: Das sagen Einzeltäter immer. Es hört sich besser an.
Gyrosbrot: Ach so.
Mann: Und da du mich nicht fragst, woher ich wusste, dass du Gyrosbrot bist und warum wir deine Freunde gefangen haben, sag ich es dir einfach so: Ihr hättet mal besser Skinboy zuhören sollen. Er erzählte da was von Wanzen in dem Zuckerbehälter bei euch auf dem Tisch. Wir kannten jeden eurer Schritte, bevor ihr auch nur irgendetwas gesagt habt.

Zur gleichen Zeit hören Plastikschlitten und Gyrosbrot in der Zentrale, dass Gyrosbrots Tarnung aufgeflogen ist, als plötzlich zwei maskierte Männer aus allen drei Geheimeingängen gleichzeitig in die Zentrale eindringen. Geistesgegenwärtig springt Plastikschlitten feige und schmerzabgehärtet wie er ist, mit dem Kopf zuerst durch die eh schon brüchige Wohnwagenluke, rennt zu seinem reparierten VW Käfer und fährt davon. Jumbo lässt sich widerstandslos mitnehmen.

Jumbo: Was wollen Sie von uns?
Maske: Mundhalten, Fettwanst!
Jumbo: Ich heiße nicht Fettwanst, sondern Jumbo.
Maske: Es reicht! (*zu dem anderen*) Jarry, kneble und fessle ihn und verbinde ihm die Augen!

Jarry: Mit dem größten Vergnügen, Hoe!

Jumbo: Ihr braucht euch nicht maskieren. Ich weiß wer ihr seid. Ihr seid Hoe und Jarry, Handlanger vom Dienst. Die Typen fürs Grobe.

Jarry: Er hat ein gutes Gedächtnis, unser kleiner Fettwanst. So rein mit dir!

Jumbo: Ich heiße nicht Fettwanst, sondern ...

Jarry und Hoe fahren mit Jumbo quer durch Rambo Beach. Jumbo versucht anhand der Kurven, die das Auto fährt, mitzurechnen, wo sie hinfahren. Aber nach einer Dreiviertelstunde und dem ständigen Rückwärtsfahren zwischendurch, verliert auch ein Denkgenie wie Jumbo die Orientierung. Endlich hält der Wagen. Jumbo wird von den beiden Männern zu einem Gebäude geführt. Er hört eine Tür. Sie gehen durch. Er hört Schlüsselgeräusche, wie sie entstehen, wenn man alte schwere Verliestüren mit einem großen Schlüsselbund öffnet. Sie reißen ihm die Augenbinde ab, so dass sein Rätzel mit abreißt, befreien ihn von seinen Fesseln und vom Knebel und schupsen ihn in einen stockdunklen Verliesraum. Hinter ihm schließen sie den Raum wieder zu. Aber er ist nicht allein. Er hört Atemgeräusche und leises Kichern. Panik steigt in ihm auf. Plötzlich geht das Licht an. Jumbo erstarrt vor Schreck. Infernalisches Geschrei. Zwanzig bis dreißig Leute stehen vor ihm, mit Papphütchen auf dem Kopf und Tröten im Mund. Jumbo kann zunächst noch nicht viel erkennen. Zu lang trug er die Augenbinde. Die Leute schreien wie auf Kommando:

Alle: Überraschung! Herzlichen Glückwunsch zum Geburtstag!

Langsam erkennt Jumbo alle, die nun auf ihn zu stürmen und in den Arm nehmen, seine Hände schütteln. Mante Tatilda, Titte, Kommissar Brennholz, Eleonora, Mr. Canyon, Gyrosbrot, Inspektor Kocker, Sue, Mr. Erdnuss, Töden, Hättrick und Heat, Hitschkoks und noch viele andere, die er gar nicht kennt.

Jumbo: Äh ...was ist denn hier los?

Alle: (*lachen vor Begeisterung, schallend*) Reingefallen!

Jumbo sieht verdutzt in die strahlenden Gesichter.

Jumbo: Wie jetzt, reingefallen? Was ist hier los? Hirschfotze, Sie leben?

Hitschkoks: Na klar, Jumbo, dachtest du, ich wär tot?

Jumbo: Ich muss zugeben, das nahm ich an. Kann mir mal bitte einer erklären, was los ist.

Gyrosbrot: Wir haben dich alle reingelegt und es dir heute zum Geburtstag geschenkt.

Jumbo: Wie?

Gyrosbrot: So ratlos hab ich dich ja noch nie gesehen. Wir meinen den ganzen Fall. Es gibt keinen Fistfack, keine Nutten, keinen Fall. Das haben wir alles nur für dich inszeniert.

Jumbo: (*mit breiten Grinsen*) Ich hab es geahnt.

Alle: Haaaaaaaaa

Jumbo: Nein, eigentlich hab ichs gewusst.

Alle: (*ein höhnisches*) Jo joa!

Jumbo: Ich hab mir nur nichts anmerken lassen, damit ihr nicht enttäuscht seid.

Kocker: Natürlich, Jumbo.

Jumbo: (*Zieht vom Leder*) Es ist doch ganz klar. Es fing damit an, dass Sie, Mr. Kotzer, gesagt haben, dass es eine Hure gibt, die hier ihr Unwesen treibt. Das war eine Lüge! Und als Plastikschlitten aus der Bibliothek mit dem Archivmaterial von Ramadan Schnitzelzack wiederkam war das frei von ihm erfunden. Wo ist der eigentlich?

Gyrosbrot: Der holt Schippse und Cola.

Jumbo: Aha. (*weiter am resümieren*) Und der Anruf auf Plastikschlittens Annonce, das war auch einer von euch. Und im Sandschreinhotel hat Plastikschlitten nur getan, als wäre er in den Arsch gefickt worden, und die Masken hat Mr. Grandcangarnix alle gemacht. Und natürlich: Der vorgetäuschte Hirschkoksmord war auch von euch inszeniert. Ihr habt euch ganz schön was einfallen lassen. (*fettes selbstgefälliges Lachen*)

Jumbo schaut in die Runde. Keiner der Gäste ist mehr fröhlich. Eine erheblich niedergeschlagene Stimmung macht sich breit.

Jumbo: Was ist los mit euch? Stimmt etwas nicht?

Sue: Jetzt kommt er gleich wieder.

Jumbo: Na Gottseidank! Das wird auch Zeit, dass Plastikschlitzpiss kommt. Ich verhungere und verdurste ja schon. Ich falle ja fast schon vom Fleisch. (*wieder so ein übertriebenes fettes Lachen, was er immer am Ende eines Falles loslässt*) Bis zur Durchsichtigkeit bin ich fast abgemagert! (*Hält sich dabei lachend seine fette Wanne*)

Keiner lacht mehr mit.

Kapitel 11

Verlies des Grauens

Töden: Wir reden nicht von Plastikschlitten, Jumbo.
Und, wenn ich mir die Bemerkung erlauben darf, wir haben den Fall auch nicht erfunden. Damit wollten wir nur die Stimmung ein wenig aufheitern. Gleich kommt Sadoman Fistfack und er wird sich wieder einen von uns holen für seine, entschuldigen Sie den Ausdruck, Ankackspiele.

Jumbos fettes Lachen erstickt ihm im Hals.

Kocker: Achtung, er kommt.

Aufschließgeräusche

Ein Mann im Vollgummianzug wie in einem schlechten japanischen Godzillaspielfilm betritt den Raum. Über seiner Schulter hängen Ketten mit Handschellen und eine Siebenschwänzige. In der linken Hand wippt eine Reitpeitsche, mit der Rechten zieht er eine mobile Autogenschweißanlage hinter sich her, auf dem ein Schweinetrog mit frisch aufgekochter Kotze wankt. Aus den Gummistiefeln quatscht oben die Scheiße raus und tropft auf die Sporen. An dem Tauchgürtel hängen torpedoartige Riesengummischwänze und eine zerschlissene Silikonfotze mit einem kleinen Zettel dran, auf dem Otze Uhse steht. Ein gewaltiger Gestank nach Scheiße, Pisse und Kotze gepaart mit fischigen Sekretgerüchen erschlägt die unfreiwillige Versammlung. Mit mächtigen Schritten stapft Sadoman Fistfack in die Mitte des Verlieses vor die zurückdrängende Schar der Gefangenen. Sein Gesicht ist unter einer Schweinsledermaske verborgen, so dass nur die schwarzen Schlitze zu sehen sind. Gyrosbrot kotzt sich spontan auf die Füße und Töden wendet hüstelnd sein edles Antlitz ab. Jumbo bekommt einen Ständer.

Jumbo: Sie müssen Komodowaran Schnickschnack sein. Ich weiß zwar nicht, was Sie mit uns vorhaben, aber ich rate Ihnen, uns sofort frei zu lassen. In wenigen Minuten wird die Polizei eintreffen und sie ihrer gerechten Strafe zuführen. Sie haben keine Schongs.

Sadoman: Ahh, derr kleinne Fettwannst isauch chon da. Was furr ein chöne Iberrachung. Un so prächtig gebaut, wie ein kleine Made, was at gelebte in die Speck. (*spielerisch bedauernd von oben herab*) Un so hibsch widär spenstik wie eine alte Äsel. Du gefälzzt mirr särr, Dickärchen.

Gyrosbrot: (*Kotzbröckchen am Kinn, leicht röchelnd*) Er heißt nicht Dickerchen, sondern Jumbo!

Sadoman: (*zu Gyrosbrot*) Ahhh, nommär friches Fleichch! Unsoein wunderchön chlankess Becken, was du hast. Steckst du dirr manchmal den Fingärr in die Popo?

Jumbo: (*platzt fast der Ständer, absolute Powererektion aber beherrscht sich*) Hörn sie, Mr. Fickkack! Bis jetzt ist noch niemand zu Schaden gekommen. Wenn Sie sich jetzt ergeben, sind wir gerne bereit, die ganze Angelegenheit zu vergessen und Stillschweigen zu bewahren.

Sadoman: Du bist ganz na meinem Gechmack. 'Eute wärde ichh mitir beginnen. Nu wirr sswei...un' ich wärde dirr deine Cheisse aus dem Arch kratzen un' sie dirr mit meinem mächtigen Chwanz in deine vorlaute Mundfotze wemmsen bissi unden wiederr raus kommmd.

Brennholz: Hören Sie, ich bin Polizist. Geben Sie auf, sonst werde ich von meiner Schusswaffe gebr...

Mitten im Wort packt Sadoman Brennholz im Genick, reißt ihn buchstäblich von den Füßen und rammt dessen Kopf volle Pulle in den Kübel mit der Kotze und befördert ihn mit einem Tritt in die Eier zurück zu den anderen.

Jumbo: Ich warne Sie zum letzten Mal!

Sadoman drückt voll einen in seinen Vollgummianzug, dass es die alte Scheiße oben am Kragen rausdrückt.

Jumbo: (*sabbert, verliert vor Geilheit die Kontrolle*) Sie obergeiles Ultraschwein, ich würde gerne Ihre Stiefel blanklecken, großer Meister.

Jumbos Hosenknöpfe werden wie Schrapnellgeschosse durch den Kerker gefeuert und seine Monstererektion explodiert hervor.

Jumbo: (*irgendwie schwach*) ... ähh, Griechenbrot hilf mir! Ich glaub, ich bekomme eine Ganzkörpererektion.

Jumbos Körper versteift sich kerzengerade. Sogar die Haare stehen senkrecht nach oben. Alles beginnt zu schwellen. Die Nähte an der Hose platzen auf, die Schnürsenkel reißen. Sadoman glotzt, dass ihm fast die Augen aus dem Kopf fallen. Selbst er hatte noch nie die Ausgeburt einer lebenslang angestauten Geilheit zur Eruption kommen sehen.

Sadoman: (*Stimme überschlägt sich*) Dasss issst do nigd mögelich...

Flockschaumiger Sabber geifert aus Jumbos starr geöffnetem Mund. Sein ganzer Körper bebt und zittert. Alle gehen in Deckung oder werfen sich auf den Boden, als wenn ein Tornado-Kampfjet im Tiefflug über die Versammlung krachen würde. Sogar Töden hechtet bäuchlings in eine Jauchepfütze in der dunklen verfaulten Ecke des Verlieses und presst seine Visage bis zu den Ohren in die knöcheltiefe Schicht aus Scheiße, Pisse und verwestem Ungeziefer. Wie aus dem nichts ertönt ein immer lauter werdendes Grollen und die Wände erzittern von einer unsichtbaren Spannung.

Sadoman: (*fällt vor Jumbo auf die Knie, ehrfürchtig anbetend*) Kann ess denn wa'r ssein...?

Die Stimmen tausender Orgasmen und der Gestank aller Fäkalien des Universums steigern sich zu einer schier unbeschreiblichen Kakophonie aus Sodom und Gomorra, während Jumbo die physische Grenze der Belastbarkeit seines Körpers erreicht und spasmisch zuckend zehn Zentimeter über dem Boden schwebt.

Sadoman: (*aufgeregt schreiend, das höllische Inferno übertönend*) Ärr isst ess! Ärr isst ess! Ärr musss ess ssein! Die Inkarnation där universsällen Pärrversssion, Gott der Chaissse un vollegepissssten Urenfotzen (*ultraschreiend, die Arme nach oben gerissen*) Eute issst der Tag, auf den ich sso lange gewachtet abe!

Sadomans Augen quellen aus dem Kopf. Die Schlagadern an Hals und Stirn sind zum Bersten geschwollen. Er verliert schlagartig die Kontrolle über alles. Jumbo ist inzwischen kurz vor der Explosion. Alle anderen halten sich die Ohren zu und ballern mit dem Kopf gegen die Wand oder in die Ekelmatsche. Der Lärm wird ohrenbetäubend.

Sadoman: (*schreit mit aller verfügbaren Kraft, so dass Teile aus Rachen und Lunge blutig aus seinem Hals und Mund spritzen*) Oh Gott allär Göttär, ichh danke dirrr, dasss du mich elände Kreatur mit deinär Anwesen'eit (*Blut schießt aus den Ohren, noch lauter schreiend, das Getöse übertönend*) begluckte hasssste. Ich, där ich dir ein Läben lang gedien 'abee...

Beim letzten nur noch heiser gekreischten Wort stülpt sich Sadomans Lunge nach außen und die Augen geben endgültig dem ungeheuren Druck nach und schießen aus den Höhlen durch die Sehschlitze der Schweinsledermaske um am Sehnerv wild hin und her zu baumeln. Die Hose reißt unten auf, Scheiße schießt aus seinem Arschloch. Sadoman taumelt, bis er endgültig zu Boden geht. Jumbo zappelt mit prall gespannter Brust immer noch irgendwie in der Luft und mit einem plötzlichen tiefen Knall scheint er förmlich zu explodieren. Mit einem gehirnzerfetzenden Schrei aus der tiefsten Tiefe seines Körpers entlädt sich seine riesenhaft angeschwollene Fickrübe und spritzt gleich einem Hochdruckreiniger auf Sadomans ausgekotzte Lunge. Gleichzeitig explodiert sein Arsch und ein sintflutartiger Strahl aus ewiger Schmierscheiße flutet durch die arschgeplatzten Hosen auf seine in den Ecken ineinander verkeilten Freunde. Immer und immer wieder schießen Scheiße, Wichse und Pisse aus allen seinen Löchern, gleich einer ganzkörperlichen orgiastischen Eruption wie die Welt sie noch nicht gesehen hat, während Jumbo völlig unkontrolliert zwischen den triefenden Wänden hin und her tuppelt. Dann, mit einem letz-

ten sanft hervortretenden Schwall von Pisswichse aus Jumbos langsam erschlaffender Semmelgurke, tritt eine vollkommene Stille ein, während Jumbo ausgelaugt und schlaff, mit einem Lächeln im Gesicht und glänzenden Augen, rücklings auf dem Boden in seiner eigenen Ekelsekretpfütze liegt. Sadoman, in dem Glauben der Gott des Universums und der Perversion würde sich ihm offenbaren, hatte sich buchstäblich nach außen gekehrt und war an seinen aus dem Hals hängenden Eingeweiden erstickt.

Jumbo: Puh, das wäre erledigt.

Seine Freunde, die sich langsam wiederaufrichten und aus Fäkalienhaufen krabbeln, schauen den ersten Paragraphen fassungslos an.

Jumbo: Was ist?

Jumbo fummelt an der Brust seines nackten Körpers rum, ohne den fragenden Gesichtern um sich herum Beachtung zu schenken.

Jumbo: Warum krieg ich jetzt diesen bescheuerten Reißverschluss nicht auf?

Die anderen schauen sich fragend an. Grummelndes Getuschel ist zu hören.

Jumbo: Na endlich.

Jumbo öffnet den Reißverschluss seiner nackten Brust hin runter zu seinem viel zu großen Genital. Er krempelt den ganzen Körper runter und zum Vorschein kommt ein etwas kleinerer Körper mit einem viel zu kleinen Genital.

Gyrosbrot: (*ergreift das Wort als Sprecher der Gruppe*) Wwwas? Ein Anzug?
Jumbo: (*nun in seinem richtigen Adamskostüm*) Sicher!

Sein echter kleiner Pimmel wächst nun vor Stolz auf sechs Zentimeter an.

Jumbo: Ich habe mich nämlich noch einmal umgehört, was Dannundwann Schmitzkatz betrifft. Mit einem Psychiater, den ich noch aus meiner Zeit als ... den ich zufällig mal bei Schmeckdonnich bei einem Hamburger kennen gelernt habe, sprach ich über

Fistfack. Der erzählte mir, dass es dieses Phänomen bereits öfter in der Geschichte der Medizin gab. Eine völlig exzessive Befriedigung aus oralen, analen und phallischen Erlebnissen. Solche Menschen sind hypersexistisch und versuchen mit ihren Exzessen jemanden zu finden oder heranzuzüchten, der mehr Perversion und Ekelhaftigkeit produziert als sie selbst. Der Psychiater sagte außerdem, dass die Krankheit durch eine vergrößerte Prostata und eine zweitausendmal höhere Testosteronproduktion hervorgerufen wird. Der ganze Körper ist darauf ausgerichtet, Triebhormone zu bilden und die Produktion wird durch visuelle und körperliche Reize noch gesteigert. Meine Theorie war es nun, ihm eine so extreme visuelle Triebbefriedigung zu verschaffen, dass sich seine Produktion von Sexualhormonen spontan auf ein derart tödliches Maß steigert, wie es der menschliche Körper nicht verkraften kann. Es hat geklappt.

Gyrosbrot: Aber die ganze Wichse, das Aufrichten deines Penisses.

Jumbos echte Rübe schwillt weiter an.

Gyrosbrot: Nein, nicht deines Penisses, sondern des Plastikpimmels gerade.

Töden: (*im Ochsfortslang*) Und ihre ... Sch...Scheiße, die aus hä ... äm ihrem Anus kam?

Jumbo: Habt ihr tatsächlich geglaubt, ich würde hier rumscheißen und vor mich hinspritzen?

Kocker: Naja, so ganz wirklichkeitsfremd würde so eine Annahme nicht sein, Jumbo! Ich erinnere da an meine Geburtstags...

Jumbo: Schon gut. Nein, ich habe mir diesen Körper anfertigen lassen. Er ist aufblasbar und hat zwei Düsen, die an zwei Flachbeutel angeschlossen sind, welche in den Plastikkörper eingenäht wurden.

Hitschkoks: Gott sei Dank. Ich dachte schon, die Scheiße mit der du uns vollgespritzt hast, wäre echt gewesen.

Jumbo: Naja, also in gewis...

Hitschkoks: Dann bin ich ja beruhigt. Das hast du mal wieder ganz fantastisch hingekriegt. Wenn du willst, werde ich zwei Freunden von mir aus Europa deine Geschichte erzählen und ihnen sagen, sie sollen ein Buch darüber schreiben. Für meine Leser wäre das wohl nichts.

Jumbo: Ich weiß nicht, ob das ...

Hitschkoks: Na ausgezeichnet.

Jumbo: Aber bevor nun alle gehen, möchte ich wissen, warum Sie, Inspektor Kocker, die ganze Zeit hinter den Bildern her waren, die Plastikschlitten und Gyrosbrot von Tatilda gemacht haben.

Kocker: Was für Bilder, Jumbo? Ich weiß nichts von irgendwelchen Bildern.

Gyrosbrot: Jumbo, bei Fistfack bewegt sich irgendetwas.

Alles schaut gespannt auf den sich von innen bewegenden Körper von Fistfack. Eine helle abgequälte Stimme bahnt sich den Weg durch den mittlerweile freiliegenden Anus von Fistfack. Als der kleine Kopf aus dem Arschloch des riesenhaften Fistfack herausgeboren wird, erkennen ihn endlich seine Freunde.

Gyrosbrot und **Jumbo**: Plastikschlitten?

Plastikschlitten: Jetzt kuckt doch nicht so blöd! Habt ihr noch nie einen Jungen aus dem Arsch eines Mannes rauskriechen sehen?

Schweigen

Plastikschlitten: Wie auch immer, helft mir doch jetzt endlich.

Inspektor Kocker und Töden helfen dem letzten Paragraphen aus seiner misslichen Lage.

Jumbo: (*zu Plastikschlitten*) Ich wusste ja schon immer, dass deine Recherchen sehr tiefgehend sind, aber unter Arschiv habe ich eigentlich immer etwas Anderes verstanden. (*fettes Lachen*)

Alle anderen schauen sich gegenseitig an, stimmen dann aber mit voller Kraft in das Gelächter des ersten Paragraphenzeichens ein.

Plastikschlitten: Habt ihr endlich genug gelacht?

Jumbo hält inne, alle anderen abrupt auch.

Jumbo: Was machst du in Fistfack? War das die Retourkutsche, weil Fistfack auch schon mal in deinem Arschloch war? (*fettes Lachen*)

Die anderen glotzen sich an, stimmen dann wieder in Jumbos Gelächter ein.

Plastikschlitten: (*ironisch*) Ha, ha, ha, sehr witzig. Fistfack hat mich gezwungen. Er hat mich kopfüber in eine nackte Kuhhaut gesteckt und mir dann dieses Gummikostüm mit Fernsteuerung angezogen und mit Tiergedärmen aufgefüllt. Durch eine Sprechanlage hat er dann diese Stimme erzeugt. Wenn mein Kopf nicht direkt vor dem Kuharschloch gewesen wäre, dann wäre ich sicherlich hier erstickt.

Stimme: Hahaahahahhahhaha.

Alles schaut auf die Türöffnung.

Kocker: (*ungläubig*) Mr. Kocker?

Der andere Mr. Kocker: (*betritt das Verlies*) Ja ich bin's, Inspektor.

Kocker: Joe?

Jumbo: (*völlig verwirrt zu Kocker*) Aber Inspektor Kocker ... Sie sind doch der Inspektor Kocker.

Der andere Mr. Kocker: Moment, ich nehme mal den völlig übertriebenen Schnauzer und die ekelhaften Koteletten ab, so dass ich nicht mehr aussehe wie mein hässlicher Bruder.

Jumbo: Das ist doch ...

Gyrosbrot: Der Mann aus dem Transvestitenschuppen, der dich für die Party bei Inspektor Kocker als Ekeltranse geordert hat, bei der du unserem Inspektor Kocker eine volle Ladung Sper...

Jumbo: Schon gut, ich weiß, wer es ist, Gyrosbrot.

Kockerbruder: Hahaha, genau. Ihr habt es erfasst.

Mr. Kocker wirft unzählige Fotos zu Jumbo rüber.

Kockerbruder: Hier Jumbo! Das sind die Fotos von deiner Mante.

Jumbos: Oh mein Gott, sie schläft mit Inspektor Kocker.

Kocker: Ich hab damit nichts zu tun.

Titte: Tatilda, du hast mit Inspektor Kocker ...?

Tatilda: Ich kann dir alles erklären, Titte.

Jumbo: Ich kann dich beruhigen, Onkel Titte. Nicht mit Inspektor Kocker hat sie gefickt, sondern mit Mr. Kocker.

Titte und **Tatilda** gleichzeitig: Was?

Jumbo: Dieser Mr. Kocker hat sich als der Inspektor verkleidet, in dem er sich diesen Bart anklebte. So maskiert, hatte er ekelhaften Sex mit Tatilda gehabt, Titte, kuck mal! (*zeigt eins von den Fotos*) Hier nimmt sie den schmierigen Aal von dem Bruder von Mr. Kocker, der als Inspektor verkleidet ist, in den Mund, und hier spritzt er ihr ins Gesicht.

Titte: Das hat sie mit mir noch nie gemacht.

Jumbo: Jaja. Als er merkte, dass davon Fotos gemacht wurden, hat er uns, als Inspektor Kacker getarnt, von der Entwicklung der Fotos abgelenkt, indem er uns den bescheuerten Fall mit der Nutte aufdrängte. Wir kamen auf Fistfack und er gab uns Fistfack, gab uns immer wieder Hinweise, damit er Zeit gewann, um die Fotos zu holen. Jetzt wird mir auch klar, warum Inspektor Kocker so schnell am Zehnmarkscheinhotel war. Es war nämlich nicht unser Inspektor, sondern sein Bruder, der gerade Plastikschlitten in den Arsch gefickt hatte, schnell runterlief und dann, als wir Plastikschlitten retten mussten, unseren VW nach den Fotos durchsuchte und dabei noch die Tür abriss.

Plastikschlitten wird immer wütender, hat bereits die Fäuste geballt.

Jumbo: Dann haben Sie, als Inspektor verkleidet, Plastikschlitten das Auto abgekauft, um die Fotos in Ruhe zu suchen. Aber Plastikschlitten hatte sie längst nicht mehr im Auto, sondern bereits in die Zentrale gebracht. Sie sind auch derjenige gewesen, der von der Polizeizentrale aus bei uns in der Zentrale angerufen hatte. Als Kocker verkleidet war es ein Leichtes für Sie, in die Polizeiwache zu kommen. Durch Zufall kamen wir auf die Agentur Rosa und trafen Sie zufällig dort. Das war für Sie die astreine Gelegenheit uns und Ihrem Bruder gleichzeitig eins auszuwischen, indem Sie mich dazu verwandten, Ihren Bruder auf seiner eigenen Geburtstagsparty lächerlich zu machen.

Gyrosbrot: Und dich auch, Jumbo.

Jumbo: Lass mal, Gyrosbrot. Tatsächlich kam ihnen das alles sehr entgegen, denn nun dachten sie, schnell zur Zentrale fahren zu können, da ich und Gyrosbrot ja noch auf der Party waren.

Sie fuhren zur Zentrale und wollten die gerade frisch entwickelten Bilder klauen. Dummerweise überraschte sie unser letzter Detektiv Plastikrennschlitten, den sie eiskalt niederschlugen ...

Plastikschlitten: ... und mit Cola, Öl und Federn übergossen.

Kockerbruder: Was?

Jumbo: Nichts, schon gut. Sie jedenfalls waren Fistkack, und sie haben uns auch die eMail geschrieben und den Tod von Hitschkack vorgetäuscht. Warum ham sie das eigentlich gemacht?

Kockerbruder: Naja. Hitsche ist einer meiner Freunde. Ich erzählte ihm von den Fotos, die ich euch stehlen wollte, damit ihr sie nicht sehen könnt, geschweige denn einen Bildband davon macht. Hitschie rief auch deshalb bei euch an. Er war auch bereit bei der Inszenierung seines Todes zu helfen, weil er sowieso seinen Tod vortäuschen wollte, um endlich seine Ruhe zu haben.

Hitschkoks: Hab auch kein Bock mehr, euch ständig neue Fälle zuzuschanzen.

Kockerbruder: Eigentlich brauchte ich das alles nicht mehr machen. Ich hatte die Fotos und es war alles gegessen. Aber auf einmal hatte ich richtige Lust an dem Fistfackspiel bekommen und wollte meinen Bruder noch ein bisschen ärgern und aus seinem Urlaub scheuchen.

Jumbo: Wieso wollten sie ihn ärgern?

Kockerbruder: Schließlich hatte ich den ganzen Stress nur wegen ihm.

Jumbo: Wieso wegen ihm?

Kockerbruder: Naja, ich hatte mich, als ich mit Tatilda schlief, wie mein Bruder verkleidet. Hatte selbst also nichts zu befürchten, wenn die Bilder von euch entwickelt worden wären. Ich wollte meinen Bruder vor der Rache von dir, Jumbo und vor Titte schützen. Ich mache zwar gern Späße mit meinem Inspektorbruder, würde ihm aber niemals ernsthaft schaden wollen.

Kocker: Du bist und bleibst ein Schlitzohr, Joe.

Tatilda: Ich hab gar nicht mit dir geschlafen, Inspeckie?

Kocker: Ihhgitt, wie käm ich dazu?

Gyrosbrot: Aber was hat Härrisson mit der ganzen Sache zu tun?

Härrisson: Ich habe gar nichts damit zu tun. Ich bin in Wirklichkeit Privatdetektiv, Gyrosbrot, und soll für deine Oma recherchieren, wie gefährlich die Detektivarbeit ist.

Gyrosbrot: Ach ja, tatsächlich? Dass meine Oma sich um mich so viele Sorgen macht. (*kratzt sich am Kopf*) Schön ... ich hab schon immer gedacht, dass ihr an mir besonders viel l...

Kockerbruder: (*lacht*) Härrisson hat nichts mit allem zu tun. Ich habe nur durch die Wanzen in eurer Zentrale gehört, dass ihr ihn im Verdacht habt, nur weil er eine Visitenkarte von der Agentur Rosa hat. So ein Schwachsinn. Hättet ihr mal nachgeforscht, hättet ihr gemerkt, dass alle Polizisten in Rambo Bietsch die Visitenkarten von dieser Agentur bekommen. Das ist nämlich eine Zweigstelle für Bürowaren, die einen Vertrag mit der Dienststelle gemacht hat. Der Transvestitenladen heißt übrigens Agentur Posa und hat überhaupt nichts mit dem Bürowarenladen zu tun. Aber Jumbo hat es ja nicht so mit dem Merken von Namen. Deshalb hat er *Agentur Posa* in die Suchmaschine eingegeben und weil mein Bruder Geburtstag feierte und ich wusste, dass ihr auf dem Weg zur *Agentur Posa* seid, habe ich mich auch auf den Weg dorthin gemacht und dich, Jumbo, gleich engagiert.

Jumbo: Ich hatte das schon geahnt.

Kockerbruder: Dass ich Plastikschlitten in den Arsch ficken musste, mit aufgemalten Punkten und Plastiktitten und ihn in der Zentrale fast totgeschlagen habe tut mir leid. Aber Plastikschlitten, ich hoffe du verzeihst mir.

Plastikschlitten: Klar, mir hat es doch auch ein bisschen Spaß gemacht. Und das erste Mal tut ja nun mal immer ein bisschen weh.

Plastikschlitten erntet dafür fragende Blicke aller Anwesenden.

Jumbo: Wie konnten Sie unseren Erzfeind, Skinnbox, für Ihre Spielchen gewinnen?

Kockerbruder: (*weiter*) Ich erwischte ihn zufällig, als er heimlich eine 280-Tonnen-Autobombe an eurer Zentrale installieren wollte. Hab ihm gesagt, dass ich ihm die Polizei auf den Balg hetzen würde, wenn er mir nicht helfen würde. Ich gab ihm Masken und Anziehsachen von Brennholz und Mante Tatilda. Ich wollte so der Geschichte ein Ende setzen, weil alles etwas außer Kontrolle geriet. Mit einer Sprechanlage in den Masken und einem Stimmen-imitationsgerät versuchte ich euch zu täuschen.

Gyrosbrot: Aber da haben Sie Ihre Rechnung nicht mit uns gemacht.

Plastikschlitten: Genau.

Jumbo: Aber was haben Sie eigentlich mit Skinboy gemacht, dass er so Matsche war am Ende?

Kockerbruder: Ich gab ihm starkes Diazepam-Rectal, weil er so schrecklich nervös war. Hab mich mit der Dosis etwas verkalkuliert und gab ihm das Hundertfache einer für Menschen geeigneten Dosis. Ich fuhr dann zu Skinboys Haus, als ich hörte, dass Gyrosbrot sich als Skinboy verkleidet hatte. Dann beauftragte ich Jarry und Hoe damit, euch aus der Zentrale zu holen. Auch die ganzen anderen hier ließ ich holen, um hier alles aufzuklären, damit ihr nicht noch Härrisson einbuchtet. Es war nicht böse gemeint, es sollte nur ein Spaß sein. Tut mir leid, Tatilda, aber jetzt ist es raus.

Jumbo: Das alles hab ich mir schon gedacht. Ich hatte auch gleich so ein Gefühl, als ich Töden nach seiner Plattensammlung fragte. War die Redbojisplatte, die bei Hitschkoks Mord lief, dieselbe, die eine Fickschlampe aus Tödens spärlicher Plattensammlung gestohlen hatte?

Kockerbruder: Wer ist Töden?

Töden: Ich.

Kockerbruder: Nee, meine eigene. Hör die verflucht gerne. Hat mir meine neue Freundin geschenkt, diese geile Schlampe. Deswegen wollte ich auch die Beziehung mit Tatilda beenden und alles aufklären. Naja, auf jeden Fall hat das Inszenieren des Mordes so lange gedauert, dass ich Musik mitgebracht hab, bevor Hitschkoks wieder seine psychedelische Scheiße dranmacht.

Jumbo: Der Spaß ist Ihnen jedenfalls gut gelungen. Um ein Haar wäre ich selbst darauf hereingefallen. Hab natürlich mitgemacht. Wollte Ihnen ja nicht die ganze Inszenierung verderben.

Gyrosbrot: Na klar, Jumbo! Du hast ja alles bereits vorher gewusst. Deshalb hast du dich auch vor Kocker ausgezogen und ihm aus Versehen ins Gesicht gespritzt.

Alles am Lachen. Jumbo peinlich berührt.

Gyrosbrot: Möchte nicht wissen, wie peinlich du dich verhältst, wenn du mal *nicht* weißt worum es geht.

Noch mehr Lachen

Gyrosbrot: Sag mal Jumbo, wusstest du auch, dass ich und Plastikschlitten reinkommen würden, während du mit einem Metallsuchgerät im Arsch onanierend auf dem Boden kniest?

Alles mega am Lachen

Gyrosbrot: ... oder dass wir Fotos machen, während du mit Tatildas Strapsen vor dem Spiegel wichst?
Jumbo: Was?

Lachen

Gyrosbrot: Wahrscheinlich wusstest du auch, dass du auch nach deiner Karriere im Fernsehen dein Leben lang Stummelchen heißen wirst?

Hahahahahah

Plastikschlitten: Oder ab jetzt vielleicht doch eher *Pimmelchen*?

Lachen ausblenden, Musik einblenden

Ende

Das Hörspiel zum Buch

Die drei Paragraphenzeichen §§§
Mante Tatildas Geheimnis

**Ein absolutes Muss für alle Fans der
drei Paragraphenzeichen**

Einblick in die
aufwändigen
Aufnahmen im
Tonstudio

Bruder B.

Bruder R. & Bruder B.

Bruder R.

**Für ein revolutionäres Lese-Erlebnis
gebt euch beim Lesen das grandiose Hörspiel auf die Ohren,
zu finden unter**

www.DreiParagraphenzeichen.de
Bruder B. & Bruder R.

Der Film

Die drei Paragraphenzeichen §§§
und der Super-Papa Guy

**Der komplette Spielfilm für euch da draußen
von Bruder R., Bruder B. and friends**

Die drei Paragraphenzeichen bei der Observation

So macht man Filme

Jetzt reinziehen unter

www.DreiParagraphenzeichen.de

Bruder B. & Bruder R.

Die nächste Folge

Die drei Paragraphenzeichen §§§
und die Weltformel

Kapitel 1

Die Heimkehr

Der alte Jumbo Johnssen kratze sich am Hinterkopf, ein sicheres Zeichen dafür dass er langsam demenzkrank wurde. Es war Jahrzehnte her, dass er das letzte Mal das Gelände des Schrottplatzes der Firma Titte Johnssen betreten hatte. Ein rostiger Hauch des Vergänglichen lag auf dem Gelände und den schier endlosen Bergen und Schluchten aus Schrott und Trödel. Feiner Staub flimmerte durch das gleißende Sonnenlicht, das ihn aus unzähligen Reflektionen blendete, als er langsam schlurfend auf das nach all der Zeit immer noch so vertraute Anwesen der Johnssens zusteuerte. Das Wohnhaus und die Werkstattbaracken sahen noch genau so aus, wie Jumbo sie in Erinnerung hatte. Erstaunlicherweise hatte sich nicht viel verändert. Nur die beschissene Kreissäge, mit der sein Onkel Titte damals Tag und Nacht sinnlos an irgendeinem Eisen herumgesägt hatte; sie war wohl für immer verstummt.
Sein Onkel verstarb vor wenigen Monaten auf bestialische Art und Weise. Er war auf seiner Couch eingeschlafen und am nächsten Tag einfach nicht mehr aufgewacht. Jumbo, der sich in seiner Kindheit mit seinen beiden Freunden Gyrosbrot und Plastikschlitten als Privatdetektive betätigte, konnte und wollte nicht an ein natürliches Dahinscheiden seines 89 jährigen Onkels glauben und kam aus Europa, wo er die letzten dreißig Jahre verbracht hatte, zurück in sein Heimatdorf Rambo Bietsch. Seine Mante hatte ihn durchs Küchenfenster entdeckt und kam hastig, soweit es ihre thrombosegeschwächten Beine zuließen, aus dem Haus gestürzt und rannte auf ihn zu.

Tatilda: (*aufgeregt heiser*) Jumbo!

Jumbo: (*überrascht*) Mante Tatilda!

Und so wie man sich vorstellt, wie Seeelefanten kämpfen, lagen sich die beiden Schwergewichte in den fetten Armen. Fast gleichzeitig sagten sie bei genauer Betrachtung des anderen:

Jumbo/Tatilda: Du bist aber dick geworden!

Und lachten herzlich.
Und sie hätten auch noch weitergelacht, wenn sie nicht von einem alten Opa im E-Rolli unterbrochen worden wären.

Opa im Rollstuhl: (*näselnd*) Na, da ist der kleine dicke Sherlock wieder bei seiner großen dicken Mante?

Jumbo: Was willst du Skinboy? Ist es nicht besser dick zu sein, als wenn man durch alkoholbedingte Polyneuropathien und anderen organischen Folgeschäden eines chronischen Alkoholabusus für immer an den Rollstuhl gefesselt ist?

Skinni: Ohhh also, das ist doch.

Skinboy fährt beleidigt und vor sich her fluchend die Straße am Schrottplatz vorbei herunter und verschwindet.

Tatilda: Also Jumbo, von deiner hochgestochenen Sprache und deinem Galgenhumor hast du ja in England Gott sei Dank nichts eingebüßt, aber woher wusstest du denn von Skinboys erhöhtem Alkoholkonsum in den letzten Jahren?

Jumbo: Seine Zähne! Ich sah, dass die hinteren Backenzähne größtenteils abgebrochen waren. Wahrscheinlich hat er sich unten bei Jäck immer Flaschenbier gekauft und es in Ermangelung geeigneten Werkzeuges und aus Anpassung an die flachhierarchischen subkutanen Verhältnisse dort jahrelang mit den Zähnen geöffnet. Außerdem …

Die ganze Leseprobe findet ihr unter:

www.DreiParagraphenzeichen.de

Epilog

In der nächsten Nacht, als Mante Tatilda wie immer zusammen mit Jumbo im Ehebett liegt, während Titte es sich wieder auf der Pritsche im Keller gemütlich gemacht hatte.

Mante Tatilda: Na Gott sei Dank ist jetzt alles aufgeklärt und wir haben wieder Ruhe. Und Titte ist auch nicht mehr sauer.

Jumbo: Aufgeklärt? Ja der Fall ist geklärt. Wir wissen, dass Kockers Bruder dich und Plastikschlitten genagelt hat und dass der Fall mit der Nutte frei erfunden war. Aber was ist mit Fistfack?

Tatilda: Es gibt ihn nicht. Kockers Bruder hat ihn erfunden.

Jumbo: Nein Mante. Kockers Bruder hat sich als Fistfack ausgegeben. Aber den echten Fistfack gibt es schließlich auch noch. Er lebt heute noch als Frau verkleidet in Rambo Bietsch. So stand es in den Analen der Stadtgeschichte.

Mante: So ein Unsinn!

Jumbo: Kein Unsinn. Es gibt ihn und ich würde gerne wissen, wer er ist.

Mante: Jumbo, manchmal ist es besser, wenn man nicht alles weiß. Er hat sich vielleicht geändert.

Jumbo: Hast recht Tatilda! Vielleicht ist er ja jetzt ein anständiger Bürger oder eine freundliche Bürgerin, hat vielleicht einen Mann geheiratet und ein Kind adoptiert. Es wäre schlecht von mir, wenn ich ihn enttarnen und ihm sein neu begonnenes Leben rauben würde.

Tatilda: (*erleichtert*) Na dann, gute Nacht, Jumbobärchen.

Jumbo: Ja, gute Nacht, Mante ... und trotzdem wüsste ich gerne wer er ist ... aber das wird wahrscheinlich ein Geheimnis bleiben.

Tatilda: (*murmelt*) Ja, hoffentlich.

Jumbo: Was?

Tatilda: Schlaf jetzt.

www.DreiParagraphenzeichen.de